02
在座寫輕小說的各位，全都有病
U0028722

在座寫輕小說的各位，全都有病 2
目錄

第一話 NO WIN NO LIFE 寫作人生

六月底，夏夜。

即使在入夏的夜晚裡，這座不知位於地球何處的孤島，氣溫依舊偏低，夜風拂過肌膚時，給人帶來絲絲涼意。

菁英班的學生與眾師長，以桓紫音為首，自二樓學務處裡魚貫而出，排成兩列，默默往一樓的樓梯口走去。

偏低的氣溫。

緩慢的步伐。

——就算如此，眾人依舊額頭見汗。

環境非酷熱逼人，身體也沒有不適，然而我們這群人裡，十個倒有九個淌下了汗水。

「……這是什麼感覺？」

行走時，我聽見某位菁英班學生低聲自語。

「就好像……全身每個毛細孔都被火燒著了一樣。又或是……無數針尖對準毛細孔，不斷用力鑽刺。」

聽了他的話，我一愣。

以我的文學造詣，也完全無法否定他說出的辭彙，因為實在太貼切了。

怪物君仍站在教學大樓前的廣場，等著我們下樓。

但……人未碰面，氣勢先至！

他如針刺、如火燒般的強大氣勢，鋪天蓋地而來，正壓迫著我們所有人，使我們全身每一根神經加倍緊繃，心臟像壓了一顆大石頭，沉甸甸的，讓人喘不過氣來。

握著大理石材質的扶手，我逐階走下樓梯。

「……」

眾人你看看我、我看看你，互相偷看彼此的表情，氛圍詭異。就連有嚴重中二病的桓紫音，也沒有在這時候插上一兩句閒話，藉此緩和大家的緊張情緒。

——怎麼回事？

為什麼怪物君孤身一人前來，在氣勢上卻是我們被壓制！

Y高中的學校排名弱於我們，他們是以挑戰者的身分，向我們發起輕小說對戰——就目前情況來說，我們才是上位者！

可是面對打算一人戰一校的怪物君，感受他鬼神般的威勢，甚至連大多數師長都露出了畏懼的表情。

我聽說過Y高中裡美少女特多，但學校之間對戰比的是輕小說，而不是選美大賽。

桓紫音先前曾任職多校，假設她給的情報是真的，那Y高中的平均學生素質應該不及我們C高中，只有怪物君是規格外的存在。

從怪物君一人前來可以推斷，Y高中已經形成怪物君一人獨強、撐起整間學校的局面。

——這麼說來。

這麼說來……只要戰勝怪物君，就等於戰勝了整所Y高中！

這並不是難以推測的思路，相信許多人已經想到……反過來說，Y高中自己也早該料到。

正因如此，才突顯出怪物君的恐怖！

Y高中明知他們身為最後一名，已經毫無退路，敗了就會陷入糧食不足的絕境，竟然還只派出怪物君一人，連板凳選手也沒有準備！

這些線索代表著什麼，又指向哪些事實……不言而喻。

那就是——

倚仗怪物君，他們有絕對的自信獲勝！

四周空氣凝重，瀰漫著肅殺感。有些菁英班學生大概是過分害怕，額上汗水點滴而落，走過的地方……形成一條不斷往前延伸的水痕。

這些人身為C高中輕小說實力頂尖的學生，還會如此不堪，其實並不奇怪。

由於比賽關係到兩校存亡，所有人都感受到了……

感受到了——

風雨欲來之勢！

集結數十人份的劇烈心跳聲，立體到幾乎要化為文字躍於眼前，帶著死亡壓力的緊張感在每個人之間傳遞，越傳越濃，交雜成強烈的恐慌！

因為我們不確定。

不確定……怪物君到底有多強！

「……」我握拳。

我柳天雲，是少數沒緊張到流汗的人之一。我的嘴角，隨著不斷接近氣勢源頭的怪物君，慢慢勾起了弧度。

C高中眾人越是畏懼，怪物君越是強，我竟然越是……想笑。

……在這種情況下，我竟然無法克制地想笑出聲。

想仰天大笑，想得不得了。

原因無他。

過去隱退之前，在大大小小的比賽中，我已經習慣勝利，除了晨曦之外……更無敵手。

以寫作之道迎戰強者，這正是我柳天雲夢寐以求的處境。

所以，眼前的情況——豈不是再有趣不過嗎！

我視線一轉，周圍眾人的表情都是沉重無比——彷彿我們這一行人目前的行為，是一群瘦弱的螞蟻聯合起來，妄想撼動一棵巨大的樹木。

怪物君確實可怕。

但。

但……我也很強。

我柳天雲如同逆境中的賭徒，越被逼到絕境，就能發揮越強的實力。

如果真要以螞蟻跟樹木來做比喻……

絕對不會有人想到，在一群膽小的螞蟻裡頭，會混著一隻狂妄而又不服輸的螞蟻。

也從來沒有一棵大樹，會拔起自己的樹根、移動到敵人的地盤中，跟螞蟻來一場你死我活的決戰。

很好。

非常好！

如此強者，可遇而不可求。

怪物君，你的實力究竟有多強，便由我柳天雲……親身見證。

那就戰吧！

我們師長、菁英班一共數十人，踏進了教學大樓前的廣場。

所有人都看見了站在飛碟前的怪物君，怪物君這時恰好打了一個哈欠，揉了揉渴睡的雙眼。

……與我們C高中如臨大敵的姿態相反，他完全是一派悠哉，悠哉到過分。

怪物君有著一頭偏褐的黑色短髮，身材修長，擁有連女生都會嫉妒的俊美容貌，此刻他看見我們過來，微微一笑，然後道：「你們動作真慢，為了避免不小心睡著，我剛剛做了一些熱身運動。」

熱身運動？

所有人都是一呆，我也不明白怪物君是什麼意思。

只見對方抬起左手，大拇指朝後面一比。

這時，夜幕垂下已久，天地間被濃厚的墨色所籠罩，四周的光源只剩校園內的路燈，與晶星人飛碟所發出的探照燈光芒……然而，即使有兩重光源，四周仍是視線不良。

必須仔細觀看，才能看清楚那邊有什麼東西。

我的視線朝怪物君比的方向投去。

「嗚……」

「呃……」

「可惡……」

我的雙眼逐漸習慣黑暗後，竟然看見在那邊有一堆橫七豎八、躺在地上掙扎的C高中學生！

那些人全都是男學生，被以疊羅漢的形式拋成了五座小山，粗略一數，至少也有四十多人。

「啊……關於這個。」怪物的視線在人山與我們之間一轉，語調愉快地道：「剛剛我問過晶星人，旁觀的這些學生好像想找我打架，如果我願意吃點虧，孤身與他們動手的話，可不可以出手……

「本來規則是全面禁止學校之間動用武力的，但晶星人好像沒看過人類打架，對於人類的爭鬥方式十分好奇，於是在確認我願意吃點虧、以少打多之後，用類似我們收看『動物頻道』的觀賞心態，答應可以破例一次。

「所以囉，我就利用你們走下樓的時間，打暈了剛剛朝我叫囂的十幾名傢伙……又順便打倒了二十多名聞風趕來支援的學生，充當熱身運動。」

怪物君露出人畜無害的笑臉。

看見那笑臉，我卻是一陣心驚。剛剛我們下樓最多花了三十秒，他居然在短短時間內，無聲無息打倒了四十多人？

沁芷柔就走在我身旁，我悄悄問道：「……妳如果轉為水雲流少女，可以辦到一樣的事嗎？」

「……」沁芷柔並不回話，只是眼神閃爍。

如果辦得到的話，沁芷柔肯定會驕傲地挺起胸口，說「哼，別小看本小姐」這種話。

但是沁芷柔迴避了我的問題，看來……就連武力誇張的水雲流少女，也做不到怪物君秒殺數十人的壯舉。

傳聞中文武全才的「怪物君」，似乎並不是浪得虛名。

見到眼前的情況後，C高中眾人一片靜默。

在昏暗的夜色下，我轉過頭，掃視眾人臉上的表情，接著赫然發覺——除了沁芷柔、桓紫音與幻櫻，其餘的C高中眾人，見識到怪物君的恐怖武力後，臉上的畏懼之色更濃了。

而這些人，沒有一個敢與怪物君目光相接，哪怕怪物君始終面帶微笑。

……他們在害怕怪物君。即使對方單獨前來，以寡敵眾，我們C高中……大多數人依舊產生了退縮的情緒。

怪物君完全不需要怒氣、怨氣、殺氣等負面情緒做為自身強大的陪襯，他那終極魔王般的天生氣場，足以讓意志不堅的對手膽寒。

看清了隊友的表現後，我將視線緩緩拉回，最後停留在怪物君身上。

不料，怪物君這時也正注視著我，他綻出一個好看的微笑，問道：「是你嗎？我接下來的對手。」

他的語氣，如同與友人聊天般自然。

我聽了怪物君的問話，聳了聳肩。

「你是少數敢直視我的人，這也間接證明了你的實力。」怪物君又道：「你們應該做過排行測驗了吧。這所學校裡……寫作比你強的人有幾個？」

就暫定的名次來說，只有風鈴跟沁芷柔的名次高過我，但我不願意像個笨蛋般直接坦承，於是回道：「比你想像中還多。」

「哦？」怪物君笑笑帶過，「比你強的人還有很多嗎？那……C高中值得期待呢。」

某種意義上來說，他剛剛那句話，是對於我的稱讚，畢竟他是以我做為強度標準來衡量。

……但他的用字只是「期待」，而非戒備、小心等謹慎的辭彙，說話態度也高高在上，彷彿已經料到必勝無疑，只是希望我們在過程中……能帶給他多一點驚喜而已。

就在這時，怪物君從口袋中掏出一副黑色粗框眼鏡。我仔細一看，發覺眼鏡只有鏡框，沒有鏡片，純粹是裝飾用途。

在眾人的注視中，怪物君好整以暇地戴上裝飾用眼鏡。

一名晶星人左看看、右看看，臉露好奇，朝怪物君問道：「人類，你戴上的東西是眼鏡嗎？但這眼鏡似乎沒有矯正視力的功效。」

「這東西不是用來矯正視力的。」怪物君一推眼鏡，然後道：「這是我的專屬道具，戴上後……可以增加我的格調跟能力值，目前已經衝到25了。」

「提升格調……能力值？那是什麼？人類竟然有這麼高科技的道具？」晶星人顯然不懂他的玩笑，愕然道。

「開玩笑的。」怪物君笑道：「只是心理作用罷了。」

晶星人聽到不是高科技道具，期盼迅速化為失望。

「……那好吧。」

晶星人互望一眼，接著推舉一名身材高大的晶星人出來說話。

「閒話就說到這邊！」

高個子的晶星人清了清喉嚨，大字狀展開雙臂，高聲道：「人類唷！為了滿足我們的女皇，拚盡全力寫出最好的作品來吧！

「我現在宣布，Y高中挑戰C高中的輕小說戰事——正式開始！

「規則很簡單，各校推舉最多三名代表，進入骰子房間中進行寫作比賽，由超級電腦與十位晶星人擔任評審，寫出最好的作品一方……勝！」

先前晶星人走下飛碟時，曾經從口袋中掏出白色骰子，撒在地面一滾，骰子立刻充氣變大，變成了一棟有門戶的正方形房間——原來那就是比賽場地嗎！

我剛想到這裡，晶星人又繼續說了下去。

「輕小說題目由超級電腦隨機指派！」

「骰子房間內的時間流逝速度比較緩慢，與外界的比例為一百比一。意即……在骰子房間內的一百小時，只等於外界的一小時。」

「請各校先推派選手出來，至多三名，進入骰子房間後，超級電腦會接著宣布細部比賽規則。」

高個子晶星人說完這些後，就不再解釋，自顧自地跟晶星人同伴聊天。Y高中只來了怪物君一人，沒得選擇，所以這空白的時間段，自然是在等待C高中推舉出三名代表。

推舉代表？

師長群面面相覷，回過神之後，迅速把學生們拉到一旁，開始七嘴八舌地討論——

「三名代表要派誰？」負責教授一年級學生、有些雄性禿的英文老師問道。

「不管派誰，這一戰可不能輸了，對方只有一個人，我們這是三打一！」一名國文老師回：「三打一如果輸了，是丟了面子；同樣若是敗了，C高中退居最後一名，糧食短缺，這是輸了裡子！」他握緊拳。

「所以我們只能勝，不能敗！」

隨著討論進入白熱化，思路漸漸被理出脈絡。

「果然還是照排行榜上的名次，派出風鈴、沁芷柔、柳天雲這三人吧？」

「你這個主意可行，多派幾個學生去叫風鈴過來吧。」

「我也贊成。」

眾人的意見終於歸攏，最後導出了「讓校排行前三名迎戰怪物君」的結論。

他們討論了大約五分鐘，而這段時間內，身為C高中核心人物的桓紫音，竟然不發一語。

「都給本皇女閉嘴，這裡讓吾決定」、「汝等愚蠢人類，提出的建議實在可笑」、「闇之福音唷！領導這群迷途羔羊走出困境吧」。

——照之前桓紫音所表現出來、自傲自大又中二病的個性，應該要做出這些發言才對。

而眼下的桓紫音，卻比最靦腆的少女還要安靜、還要吝於開口。

我望了望桓紫音，她那張帶著古典氣息的美人臉蛋，表情極為鄭重，不帶一絲笑容。

我隱約察覺，在那份鄭重底下，似乎藏著兩分畏懼、兩分警戒……還有更多更多的猶疑不定。

她竟然在猶豫。

此刻就只能一戰而已，如此淺顯易懂的道理，我還以為人人明白。

「……」我轉念一想，忽覺不對。

——正因為淺顯易懂，所以才必須思索，桓紫音在這裡做出停頓的背後究竟有什麼用意！

難道……桓紫音有什麼特殊的考量？

桓紫音正偷偷注視著怪物君的方向，怪物君這時盤腿坐在一棵樹下，背靠樹幹，利用我們討論的時間，在……打瞌睡？

「！」

他竟然在打瞌睡！

「呼……呼……呼……」怪物君睡得很熟，發出了深眠狀態特有的鼻鼾。

「……」

孤身前來，發出一人戰一校的豪語，怪物君不但不緊張，還在敵陣中睡著了。

很明顯，那是怪物君對於自身實力有極大自信的體現。

就在這時，桓紫音深深吸了一口氣，像是下定決心般，邁步走到C高中眾人中間。

然後她提高音量，吸引了所有人的注意力。

「汝等……全跟在吾的身後。」桓紫音將身軀轉向晶星人的方向，「該出發了。」

說完，桓紫音抬腿就走。C高中眾人零零落落地跟上。

我也跟著邁步。

剛跨出一步，在這瞬間，我腦中靈光一閃，忽然明白了……桓紫音為什麼要用「出發」這個詞。

六所學校的學生們，將性命做為籌碼壓上，再花一年的時間來練習寫作——最終勝者自然為王，而敗者……籌碼遭奪，連淪落為寇的資格都沒有。

因此，在被捲入晶星人創立的這場遊戲時，我們既然是C高中寫作最強的幾人之一，就已經身不由主，只能朝著「成為最強輕小說家」的目標前進。

然而……

面對實力未知的怪物君，即使我們是C高中的頂尖強手，哪怕我們以三敵一，也勢必是一場苦戰——那是毫無轉圜餘地，必須以強大的寫作本領將對手擊垮、只能用猙獰醜惡來形容的鬥爭。

所以，桓紫音用了「出發」這個詞。

那意思是……**出發，前往戰場！**

夜晚的風相當涼爽，C高中的眾人卻頻頻拭汗，涼風顯然無法吹散眾人心中的不安。

晶星人發覺我們已經討論出結果，準備要進行比賽，於是一名晶星人俯身將睡著的怪物君給搖醒。怪物君的嗜睡程度超乎我的意料，那名晶星人花了大約兩分鐘才成功使他睜開眼皮。

「哦……」剛睡醒的怪物君眼神有些迷茫，伸手將褐髮抓得凌亂，「終於要開始了嗎？」

他慢慢踱步，走到C高中眾人的對面。

晶星人立於中間，就像楚河漢界那樣，做為裁判將兩方隔開。

高大的晶星人這時開口了，向怪物君問道：「關於C高中跟Y高中的比賽，你有問題要提出嗎？如果沒有的話，比賽立刻開始。」

怪物君搖了搖頭，示意沒有問題。

晶星人所問的，只是稀鬆平常的賽前詢問，在人類社會中，稍微大型點的比賽都能見到類似的情況。他問完了怪物君後，接下來就會輪到我們了。

C高中眾人由桓紫音領頭，她代表著眾人站在最前方。

果然，晶星人又朝桓紫音問道：「妳有問題要提出嗎？」

這時的我正猜測著骰子房間裡面的模樣，並醞釀寫作情緒，晶星人的賽前問話只是順耳聽過。

包括我在內的所有人，應該都沒把這問話當一回事。

但是……

桓紫音卻在這裡，做出了異樣的沉默姿態。

「人類，妳有問題要提出嗎？」晶星人再次詢問。

妳為什麼沉默？

好奇之下，我注視著桓紫音的背影。

然後發覺──

她曼妙的嬌軀，竟然在微微發顫。

「？」我不解。

明明只能一戰。

明明必須一戰！

我瞪大雙眼，注視桓紫音在黑夜中顯得嬌弱無比的背影，完全無法理解她在這裡停下的原因。

她之前面對怪物君的氣勢也沒有發顫，此時被晶星人一問，卻難掩膽怯的情緒。

桓紫音——妳此刻的恐懼根源，究竟來自何處？

從我身處的位置，看不見桓紫音的臉孔，但她的沉默、她氣勢的低落……已經徹底出賣其真實想法。

……她在害怕。

害怕怪物君之外的某件事物。

「人類，妳有問題要提出嗎？」晶星人第三次詢問，大概是有些不耐煩了，態度粗魯不少。

他話聲剛落，桓紫音終於艱難無比地開了口。

桓紫音輕聲向晶星人回了一句話。

「我們……」

她的話聲實在太輕，我聽不清楚。

但站在桓紫音身前的晶星人明顯是聽清了，因為他臉上的表情立刻轉為震驚。

彷彿無法置信自己會聽到這樣的話，晶星人以驚愕無比的語氣拋出了疑問句。

「妳……妳沒瘋吧？還是說我們的翻譯機器出了問題？妳再重複一次剛剛的話！」

桓紫音深深吸了一口氣，她的抽氣聲在靜謐無聲的此刻聽來格外響亮。

那是下定決心前的準備。

最後，桓紫音的關鍵句子在吐出口時，原先的害怕……已經盡數轉為決然。

「我們C高中……認輸。」

「認輸？」

「我們C高中認輸？」

桓紫音的決定引起了軒然大波，沒有一名C高中人士能夠接受她的決定，紛擾的聲浪瞬間掀起。

有社會歷練的師長群還好，菁英班的學生們聽到堪稱「不可思議」的決定，已經慌亂到表情扭曲。他們之前雖然害怕怪物君，但迫於生存壓力，依舊每個人都想贏得勝利。

正值青春期的學生，面臨生死攸關的糧食威脅，求生意志也倍加強烈。因此……菁英班學生爆發出來的情緒，已經超乎了不滿，語氣中帶著濃濃的怨懟。

「別開玩笑了，桓紫音老師，難道妳不知道C高中戰敗的後果嗎？我們會掉到最後一名去啊！」

「最後一名的糧食配給根本不夠，如果我們這一戰輸了，今後會過得比難民還悽慘！」

「隨便派人上去試試看也好啊，絕對不能直接認輸！」

我本來躍躍欲試，但桓紫音的決定有如當頭澆了我一盆冷水。她太過跳躍式的思考，讓人茫然不解之餘，又感到強烈的憤慨。

晶星人也十分錯愕，「妳、妳真的要認輸？」

桓紫音堅定地點點頭。

見桓紫音表態，晶星人互望一眼，接著高個子晶星人朝怪物君道：「那麼……是你贏了。

「你們Y高中勝過了C高中，現排名已經是倒數第二，要繼續往上挑戰E高中嗎？」

場中，唯一還能保持平靜的人，現在只剩下怪物君一人。

怪物君將裝飾用的眼鏡摘下，放入口袋。

「當然。速戰速決，我要一路往上挑戰。」他淡淡一笑。

「骰子房間中，時間流速比外界緩慢吧？那麼……今夜結束之後，Y高中就會奪下第一。」

……奪下第一？

高個子晶星人哼聲道：「人類，你真狂妄。」

怪物君聳了聳肩，並不答話，但那一派輕鬆的模樣、存在本身就有如終極魔王般的氣場，讓人完全無法懷疑他立下的豪語。

隨著飛碟發出運轉聲，光芒四射，晶星人收回了骰子房間，帶著怪物君踏上飛碟。

在登上飛碟前，怪物君最後回眸，往菁英班學生人群中瞅了一眼。

「你們C高中……藏得很深吶。」他注視的是我這方向。

「明明有一位強者，卻不肯派出來。」

我朝後一看，看見略顯吃驚的沁芷柔……與全身籠罩在黑袍下的幻櫻。

轟隆轟隆的聲音大響，飛碟往上騰飛，速度快得驚人，像流星般迅速成為天邊的一個小小光點。

「……」我不明白。

剛剛怪物君口中的「強者」是指我嗎？還是說……那句話只是臨走前心血來潮，想故布疑陣？

即使怪物君留下的謎團困擾著我，但仍不妨礙我釐清現狀的思緒。

確認現狀後，我清楚瞭解到，C高中接下來將要面臨多麼恐怖的衝擊。

——我們敗了，在首戰中敗退！

——我們成了最後一名，今後將陷入嚴重缺糧的窘境。

——由於桓紫音特立獨行、擅自認輸，民怨沸騰的C高中，或許將會迎來一場叛亂之戰。

所有人目送晶星人的飛碟遠去。

「……」

第一時間，沒有人開口質疑桓紫音，四周只聞粗重的喘息聲。

然而，短暫的安靜，只是假象罷了。

就像暴風雨前的寧靜——很多時候，爆發前沉默越久，意味著醞釀越長。桓紫音剛才的的舉動，甚至會引出足以燎原的狂怒。

夜幕垂落，燈火螢黃，在一片可怕的靜默中，所有人漸漸將視線移到桓紫音的背影上。

她沉默了數秒。

接著霍然轉身，用凌厲的目光瞪視著C高中所有人。

她旋身時，長長的黑髮被大動作地帶起、飄飛，最後紊亂地順著肩膀披散而下。

「收回汝等無禮的眼神。」她冷冷道：「面臨重要關頭，卻盡是聒譟、道些贅言，到底知不知道羞恥？」

「什麼，妳……」有個學生急著想要插話，卻被桓紫音更快一步地打斷話頭。

她以不容質疑的魄力，將言語一字字堅定地吐出。

「汝等想死嗎！汝等知不知道，吾剛剛有多害怕！」桓紫音怒道。

「不是害怕敵人，而是怕吾……被汝等這些愚蠢的人煽動，貪一時之快，賭虛無之運，貿然接受挑戰！

「C高中全校上下，無人可敵怪物君。不止如此，菁英班的學生全是高手，高手往往有對於自己的一份底氣，若是現在與怪物君對敵……與他對戰的那三人，將會見識到真正的地獄。」

眾人被桓紫音所震懾，許多人臉上的怒火消退不少。

她一口氣說到這邊，頓了頓，才繼續開口發話。

「吾見過怪物君寫的文章，汝等與他相比……簡直是天差地遠。做個比喻，沁芷柔在吾的赤紅之瞳偵測下，實力指數假設是三……那麼，怪物君的實力至少超過二十。

「不管在比賽中抽到什麼題目……汝等這些學生，都會被怪物君，以登堂之姿輾壓！遭到輾壓後，汝等這些缺乏歷練的小鬼頭，將信心全失，或許再也不敢動筆寫作。但你們還有潛力，還有成長空間！而怪物君……已經強到頂了，哪怕是再進步，幅度也不會大過你們。」說到這，她吸了口氣。

「承上，做個結論……若是此刻與怪物君交手，C高中很有可能會損失三名菁英班的頂尖學生。如果失去的又是風鈴、沁芷柔、柳天雲這三人，一年後決戰期至……要如何從六校中勝出？

「將汝等的目光放得長遠一點。忍一時之辱，贏一世之耀！為了活下去……暫時忍讓！怪物君身處的Y高中，這次贏過吾等後，鐵定會不斷往上挑戰，以他的實力自然一路過關斬將，至少也能成為前三名強校。

「所以吾等……只要忍受一個月的飢餓，加強鍛鍊，贏過接下來排名倒數第二的E高中或D高中，就能翻身而起，為一年後的決賽……空出充足的準備時間。」

桓紫音朝著眾人伸出右手五指，彷彿想抓住什麼。

那姿態，既像呼喚，又像懇求。

眾人愣愣地回望她。

「所以了——請把汝等的力量……借給吾。」

這是她第一次，對C高中眾人用了敬語。

不可一世的中二病患者，這是第一次，對眾人表達出平等的尊重。

——這代表著，她所說的，不再是輕浮的玩笑，而是鄭重無比的請求。

一陣夜風拂過，桓紫音的娃娃頭瀏海微動。

她火一般的右眸，在這一刻，散發出連夜色都無法掩蓋的豔紅光芒。

「吾保證，會帶領汝等活下去，然後不斷變強……強到足以擊敗怪物君，成為六校第一為止！」

怪物君擊敗C高中的幾小時後，在沒有一絲月光的深夜，天空下起了紙雨。

數千、數萬，無法計量的鮮黃傳單，從遙遠的高空飄盪而下，散落在C高中各處。

每一張傳單上都是同樣的內容——標示在「月模擬戰」過後，六校之間的最新排行。

排名出現了劇烈變化。

在月模擬戰之前處於末位的Y高中，現在以流線狀的鮮紅字體做為代表，盤踞在第一名的位置。

六校最新輕小說排行榜──

第一名，Y高中。

第二名，A高中。

第三名，B高中。

第四名，D高中。

第五名，E高中。

末位，C高中。

怪物君，果真名副其實……實力有如怪物。

只花了區區一個夜晚，就從最末位的地方展開反撲，如火箭般一口氣拔升至第一名的位置。

其餘五所學校，加起來近萬人──竟然沒有一人是怪物君的對手。

以一人之力強行扭轉學校的劣勢，如果將輕小說比喻為戰場……那怪物君，就是單靠名號，便能夠讓敵軍聞風喪膽的傳奇武將。

我第一個念頭聯想到三國時代的呂布。但怪物君智勇雙全，用呂布加以代稱也嫌薄弱……真要形容的話，就是把呂布與諸葛亮合為一體的可怕存在。

或許桓紫音是對的。

即使之前強行一戰，甚至派出我柳人雲，也沒有戰勝怪物君的把握。

再細看傳單，上面不止標示六校之間的排名，還詳細地記載了每個排名能夠領取的民生物資究竟有多少。

對於最末位的學校來說，等同再次被提醒即將要面對的殘酷處境。

或許是為了讓各校之間的比賽更加緊湊，晶星人才耗費心神廣發傳單。但他們的行為……對C高中而言，無疑是雪上加霜，會引發無窮後患。

因為遍地都是黃色傳單，隔天學生起床，彎腰一拾就能拿到，我想連最高明的謀略家，在這種惡劣情況下也無法隱瞞事實。

——C高中在月模擬戰中敗退，成為末位的事實！

好比想看見黎明的曙光，勢必得撐過日出前最黑暗的那一段時期。

連填飽肚子這種基本需求都受到威脅，C高中陷入了創校以來最大的困境中。

但我們仍有希望，活下去的希望。

只要硬撐著度過這個月……同時在下個月的月模擬戰中獲勝，就能獲得基本的求生物資！

六校中，C高中無疑是最渴求勝利的學校。

至少在下次，我們一定得贏下來！

拖著累積一天的疲憊，眾人分頭回去睡覺，準備迎接明天的到來。

現在時間是早上八點整，天氣晴。

我待在二樓的洗手臺前刷牙，遼闊的走廊空無一人，除了我之外，所有人都離開舊校舍前往教學大樓上課了。因為討厭擁擠的上學人潮，我刻意將起床的時間挪後。在人群內行走，身處吵吵鬧鬧的群眾中，會使人越加意識到自己的孤獨。

除此之外，晚起還有一個原因——我不想聽見某些人閱讀傳單後，發現排名而發出的慘號。

連洗手臺上都掉滿了黃色傳單。

一邊刷著牙，我心想，桓紫音可能不是單純的中二病，Y高中勢如破竹取得第一的事實，證明了她預見眼光的強大……讓我們避開了一場可能會遭到輾壓的戰鬥。

她獨特的領袖氣質、精準的預判目光，C高中沒有一人比得上，只是平常以瘋瘋癲癲的中二病外表做為偽裝，讓人看不清她的深淺。

不露出所有實力，慣於藏起自身的底牌，對任何人、事、物，都持保留態度，這是狡猾大人的標準象徵。

但是。

動物界弱肉強食，弱小的個體必須比強大的敵人更加機靈，才能增添生存機率。所以人類在過了青春期後，漸漸學會獨當一面，在險惡的環境中會變得狡詐，也不是沒有其背後原因。

小時候，在一張春暉傳單上，我曾經看過這樣的字句：「仔細看，人是由不同的兩劃組成的對吧？不同的個體背靠著背、互相扶持，這樣所組成的……才是完整的『人』字喔！」

幼時的我似懂非懂，還曾經把這句話當成金玉良言，不過升上高中後，身為獨行俠的我……早已看穿「人」字背後的真正涵義。

那只是表面上的互相扶持。

畢竟人類不只有兩個。春暉傳單上的美好假設，只存在於《聖經》中的亞當與夏娃時期。

因為，當一個「人」字，變成「人人人人人人人人人人人人人人人人人人人」這樣無數個人字時，你隨時可以選擇捨棄與自己背靠背的隊友，讓他重重摔倒，傷得再也爬不起來，然後去尋求更好的目標依靠。

所以說，要避免被夥伴捨棄、防止摔倒的最佳手段，就是成為獨行俠。

獨行俠，就我個人定義來說，無疑是世間最強的存在。

不選擇成為背靠背的人字，而是變成類似英文字母的「I」字，靠著自己做到一切，仰仗自身立足於世……如此一來，人生將再無破綻。

「嗚噗！」

我正刷牙刷到一半，小腹處忽然傳來一陣鑽心的疼痛，導致我不小心嗆到，喝下了一大口自來水。

猛烈咳嗽了幾聲，我在慌亂中轉頭，看見一名金髮少女如鬼魅般忽然出現，正站在我右側，伸手捏著我小腹的軟肉。

她穿著窄裙與水手服，金色長髮在朝陽下反射著亮光，亮光恰好晃到我的眼睛裡，刺得我瞇起雙眼。

金髮少女白裡透紅的瓜子臉完美無瑕，右鬢上方插著一朵墨色水晶花，剪裁合身的校服充分襯出她纖細的腰身，與那幾乎要撐壞鈕扣的高聳酥胸。

在C高中，恐怕沒有人不知道她是誰。

沁芷柔。

外表光鮮亮麗，私底下個性卻無比殘念的美少女。

「……你那是什麼表情？柳天雲。」沁芷柔似乎誤會了我瞇眼的神態，不滿地道：「本小姐這個超級美少女大老遠跑來找你，給我高高興興地露出笑臉啊！」

我當然沒有應聲露出笑臉，在確認對方身上的服飾並非「水雲流少女」的和服後，稍稍放下了心，至少不會有立即的生命危險。

但我也無法吐槽沁芷柔的說話內容，因為她有自稱美少女的本錢。

不過如果對美少女的評價裡，有分外貌跟內涵這兩樣的話……沁芷柔只能依靠前者，將分數強行撐到及格邊緣。

「妳來幹麼？」我東張西望，發現沁芷柔是孤身前來，一名親衛隊也沒帶，又安心了幾分。

「唔？」沁芷柔皺眉，「不要跟我說你忘了，柳天雲。」

「……什麼意思？」

沁芷柔嘴巴一癟，不太滿意地道：「我們正在交往，人家是你的女朋友，你難道忘了嗎？」

不對勁。

一聽之下，我馬上察覺事情不對勁！

我繼續刷牙的動作，表面上不動聲色，內心卻翻騰不已。

在先前攻略沁芷柔的過程中，由於被幻櫻的錦囊設計——沁芷柔在學生餐廳內，被迫宣布我們兩人正式開始交往，事後她帶我到偏僻處，化身為水雲流少女想剷除我這個禍害，幸好我急中生智才逃過一劫。

如果當初反應慢了半拍，我確信自己就會被沁芷柔解決掉。

在我眼中看來，沁芷柔的危險與有病程度，完全不在幻櫻之下。

——所以，她今天一大早來找我，還癟著嘴說出「我們正在交往，人家是你的女朋友」這種話，簡直可疑到了極點。

於是我把臉湊近，盯著沁芷柔細看，試圖看出破綻來。

「幹……幹麼？」沁芷柔略微偏頭，迴避著我的視線，「看什麼看？」

越來越可疑了。

這時，一張原本被卡在樹上的黃色傳單飄落，自我跟沁芷柔的中間飛過。

仔細一想，今天沁芷柔會這麼反常，或許跟這件事有關。

沁芷柔發覺怪物君的強大，所以下意識認為自己必須做些什麼來彌補……也說不定。

但沁芷柔究竟怎麼想，與我無關。那不是獨行俠該關注的事。

於是我開口發話。

「我說啊，沁芷柔。」我刷完牙後，關掉水龍頭，說：「我已經看過妳的真面目了，也就是說……妳的演技，對我柳天雲毫無效用。」

看來她依舊忠實於自己的設定，就像二次元中的人物不會意識到自身是虛構的一樣，沁芷柔現在扮演的角色，當然不肯承認自己是「演」出來的。

之前我已經歸納出沁芷柔的部分設定運作。

校服→高傲校園偶像、天然呆吐司少女。

和服→水雲流少女。

她目前穿著校服，講話又十分驕傲，大概是高傲校園偶像模式吧。

被我質疑是演技後，沁芷柔靜了一下，接著她忽然用力頓腳，俏臉帶上怒色。

「柳天雲！你其實是抖M對吧！」

「什麼？」我一怔。

「本小姐難得客客氣氣對待別人，與這麼溫柔可愛的本小姐相處，你竟然還要抱怨！簡直讓人無法置信！」沁芷柔不滿地道：「敬酒不吃吃罰酒，這不是抖M又是什麼？」

不，我說大小姐……有一句話叫做「一朝被蛇咬，十年怕草繩」。

金魚的記憶力只有七秒，但今天就算我傻得跟金魚差不多——與隨時想要宰殺自己的水雲流少女相處過後，她的病氣也會深深烙印在我潛意識裡頭。

所以別說沁芷柔只是稍稍對我示好，就算她穿著女僕裝過來叫我主人，我也會優先考慮……這是不是剷除我的最新手段。

「哈哈哈哈沒錯，妳真的又溫柔又可愛呢。」但為了避免沁芷柔暴走，我隨口應付，盤算著找機會脫身。

「別敷衍本小姐！」

「我柳天雲句句出自肺腑，豈會敷衍別人！」

「那為什麼剛剛稱讚我時，你的眼睛跟死掉的烏魚一樣失焦無神!?」

「我想，那應該是妳的錯覺。」

「……那柳天雲，你再稱讚我一次看看。」

沁芷柔氣呼呼地提出要求，要我證明自己的說詞。

哼……我在心裡冷笑。

要我再稱讚一次？就算剛剛不小心露出了類似烏魚的眼神，難道妳以為我柳天雲……是會重蹈覆轍、敗給同一招兩次的傻瓜！

於是我依言開口，讚美眼前的金髮少女。

「校園偶像沁芷柔大人既溫柔又可愛，這是公認的事實。」

毫無破綻，我確信這次絕對沒有變成烏魚眼。

何等精湛的演出！

「柳．天．雲——」

面對我的完美表現，沁芷柔卻勃然大怒。

「不．准．轉．過．頭．去！給我看著本小姐說話！」

……

我花了十分鐘時間，艱難地度過幾次沁芷柔差點暴走的難關後，她的情緒終於稍微平靜，哼了一聲撇過頭去。

「所以說……妳一大早特地跑來找我，到底有什麼事……」纏鬥過後，我無力地道。

沁芷柔聞言，臉色微微潮紅，明媚的雙眸飄來飄去，不知道在思考些什麼。

我耐心等了一分鐘，沁芷柔像是終於鼓起勇氣那樣，以急躁的語氣開口。

「我、我說柳天雲！之前消息傳出後，本小姐現在『名義上』跟你在交往對吧？」

短短一段話，沁芷柔不止刻意強調「名義上」三字，還說得又快又急，彷彿想藉由縮短對話時間來減少羞恥感。

但這打算顯然是失敗的，因為她說完後整張臉都紅了。少女特有的羞澀，罕見地出現在高傲的沁芷柔身上，使她看起來更加嬌美動人。

但……我柳天雲可不會上當。

美少女的羞澀固然吸引人，不過當這名美少女同時又身為可怕的魔王，那當然是性命重要。

「到底是不是『名義上』在交往啦！回答本小姐！」沁芷柔見我不回話，嬌嗔道。

「……大概。」我回。

好一個名義上在交往。

我已經有一個名義上的師父，現在又要多一個名義上的女朋友嗎？

「那……那……我們……」

沁芷柔眼波流轉，雙頰暈紅，過了一會，她終於把話繼續說了下去。

「吶……按照輕小說跟漫畫中的慣例，高中情侶一起走路上學是很正常的事，本小姐想體驗一下那種感覺，既然我們名義上在交往，那我們要不要……試試看？今天早上一起上學。」

我靜靜聽著沁芷柔說話。

她慌亂地揮了揮手，「本小姐要先聲明一件事，我是為了輕小說才勉強這樣做的哦！不准你產生奇怪的誤解！」

「啊？」我皺眉看向沁芷柔。

她竟然對獨行俠提出同行的想法，這跟要求一條魚主動跳進沙漠的行為沒有兩樣。

獨行俠之所以強，正因為不需要別人陪伴，吞食寂寞能量讓自己變得越來越強，直到再也沒有難關能阻擋腳步為止。

所以，身為一個頂尖的獨行俠，我不可能答應「一起上學」這種削弱自身實力的事。

沁芷柔的要求涉及到獨行俠的根本，於是我乾脆地回絕。

「很抱歉，我習慣自己一個人走。」

語畢，我不再理會沁芷柔，轉身就往教學大樓走去。

但我剛走出兩步，沁芷柔的聲音就從我背後傳來。

「柳天雲，我有一件事要告訴你。如果錯過了這次機會，你接下來八十年的人生，大概都體驗不到有女朋友究竟是什麼感覺……更別說是與本小姐這種千萬中挑一的超級美少女交往。

「我從你身上獲取寫輕小說的經驗……而你從我身上『短暫』體驗有女朋友的感覺，這豈不是雙贏嗎？」

她又強調了「短暫」這兩個字，並打算跟我交換條件。

或者說，沁芷柔正將身為C高中校園偶像之一的自己做為香餌，打算誘惑我柳天雲。

我本來不打算理會沁芷柔，但轉念一想，忽然改變了心意。

慢著。

慢著……

這是個絕佳的機會，能一雪前恥，向沁芷柔展現出我的高風亮節，與面對美色時那毫不猶疑的瀟脫！

於是我腳步一頓，半回過頭，反問：「那又如何？」

沁芷柔大概沒想到我會說出這種話，沉默片刻，終於又道：「本小姐是G罩杯，而且我會一路抱著你的手臂去上學。」她在加碼條件，對我進行利誘。

她說話時一撥秀髮，微微彎下腰，向我展露她前凸後翹的性感身段。

沁芷柔的表情充滿自信。

顯然她很有信心……面對她這種超級美少女提出的加碼條件，我柳天雲會立刻接受，跟她一起去上學。

但……

「那又如何？」我冷冷地說。

兩次的拒絕，徹底體現了我柳天雲恬淡自若的風範。

沁芷柔在我重複第二次「那又如何」後，臉部肌肉不斷抽搐，露出了受到嚴重打擊的錯愕表情。

她如同遭美杜莎石化般，保持著彎腰秀出身材的姿勢，我彷彿能看見靈魂自她微張的嘴裡飄出。

不過，會錯愕、感到不解也很正常。

畢竟這個世界，只有獨行俠……能夠理解獨行俠的強大之處。

就算沁芷柔也沒有朋友，有著一大群親衛隊能夠使喚、開口就能獲得大量幫助的她，早已失去成為獨行俠的資格。

我們兩人就此僵持。

沁芷柔臉上的羞澀迅速消退，原先嬌豔的潮紅，轉變為絕望的蒼白。

接著，時間過去了三秒。

過了五秒……

「咯咯咯……

「咯咯咯咯咯咯……」

在恢復行動能力後，沁芷柔卻開始笑。

她明明笑了，我卻感到一陣悚然。

——不對，這笑法，與水雲流少女一模一樣！

「柳天雲，看來……果然就像美少女遊戲裡，必須殺死渣男才能過關那樣，不能心軟饒過你呢。」

究竟哪款美少女遊戲是要殺死渣男才能過關啊！我忍住將吐槽宣之於口的衝動。之前水雲流少女在對我出手前，也曾經發出這種笑聲，如同魔王出現的過場音樂，或許這是沁芷柔轉換模式的必要過程。

但她身上明明還穿著校服，而水雲流少女是和服裝扮！之前我就已經證實過，心高氣傲的沁芷柔不會違背自己的設定。

她這個設定系少女，有著強烈的自我原則，亦即為……只要她仍遵守設定，就不能穿著學校制服，卻以水雲流少女的身手來攻擊我柳天雲。

我對水雲流少女的恐怖印象深刻，在想通關鍵處之後，急忙喝道：「沁芷柔，妳身上穿的是學校制服！難道妳想違背自己的設定嗎！」

「誰說……本小姐要違背設定了？」她柔聲道。

沁芷柔的碧眼裡蘊含著勝利者的快意，話剛說完，左手往後腰處一抽，「啪」的一聲，迎風抽出了一件淡紅色的碎花和服，朝我炫耀式地一晃。

妳到底是從哪裡拿出和服的，這根本就是變魔術啊！

「柳天雲。」有些病態的豔麗微笑，在沁芷柔臉上浮現，「你臉埋過我的胸、咬過我的胸部，在輕小說虛擬實境機中，也是各種占我便宜，你是第一個敢那樣做的男人。」

她的笑容愈加動人，「就連本小姐的真面目，似乎都被你知道得一清二楚。可以說……我是顏面掃地。既然已經顏面掃地，本小姐就什麼也不必在乎了，因為在你面前，我已經沒有任何東西可以失去。」

我一凜，隱隱察覺事情不妙。

沁芷柔掩著嘴，咯咯一笑，繼續道：「你明白我的意思嗎？柳天雲。我想寫出更好的輕小說，為此……我可以不惜一切。你如果不配合我實現『男女朋友一起上學』的體驗，本小姐將不顧一切地豁出去，承擔被你看光的羞恥，在這裡直接換上和服，並換成水雲流設定……名正言順地斬殺你！」

我望著沁芷柔，久久無法言語。

——錯估了。

我錯估了沁芷柔對於輕小說肯付出的犧牲。

沁芷柔為了寫好輕小說，不惜將自身化為設定系少女，模擬各式各樣的筆下人物，並立下誓守的信條。

她身為校園偶像還肯如此犧牲形象，我早該要明白，沁芷柔到底有多重視輕小說。

然而——

沁芷柔，我在妳身上看見了無與倫比的寫作熱情、對設定的絕對遵守，還有那不惜豁出一切的勇氣，體會到妳的覺悟後，我確實是又驚又佩。

但，妳依舊不是我的對手。

如同我錯估了妳一般，妳也錯估了我柳天雲的真正格調！

「哈哈哈哈哈……

「哈哈哈哈哈哈哈哈哈……」

我按著臉，仰天大笑，笑得幾乎無法自拔。

在努力調整顏面神經後，我的笑聲慢慢歇止，並伸出一根食指，在沁芷柔面前搖晃。

「沁芷柔，妳找了一個很好的藉口，或者說極佳的理由。」

「？」沁芷柔冷冷道：「你這是什麼意思？」

「我說啊，妳其實是怕輸給我吧。我在上次的輕小說排行榜中，拿到了第三名，與妳只有些微差距。」我觀察著沁芷柔的表情，適時放慢說話速度，將每個字都咬得清晰，「我柳天雲的真正實力，遠遠不止檯面上看到的那些，若是我恢復了曾經的巔峰水準……沁芷柔，妳將不再是我的對手。」

激將法。

只要不轉換設定，心高氣傲的沁芷柔沒辦法無視這些話。

在與晨曦一別後，我歷經了兩年的空窗期，技藝肯定有所生疏。

當局者迷，人對於自身往往無法客觀地給出正確評價，不過可以確定的是，兩年前的我比現在還強。

當然我無法確定究竟強上多少，或許能贏過沁芷柔，也或許只能跟她打平，但在面臨生死關頭的此刻，為了提高活命機率，哪怕是要把自己吹成神佛再世，我也會毫不猶豫地說出口。

「……」

沁芷柔在聽見我的話後，卻沒有馬上回話，只是低下了頭，注視著地板。我看不見她臉上的表情。

在一陣可怕的沉默過後，沁芷柔一字一頓地發話了。

「你說……本小姐不是你的對手？

「你說……為了寫作而付出一切的本小姐，不是你的對手？」

她依舊低頭藏起表情，但語調卻是越來越高亢。

「你說……為了寫作甘願拋下偶像光環，整天對著鏡子傻笑揣摩筆下角色的本小姐，不是你的對手？

「你說……為了寫作甘願拋下偶像光環，整天對著鏡子傻笑揣摩筆下角色，肉體還被你這蛆蟲給占了便宜，私下羞愧到大叫打滾的本小姐，不是你的對手？」

沁芷柔慢慢抬起臉蛋，與我平視。

──我從來沒有見過人類的表情，能如此完整地傳達「憤怒」這一情緒。

「真・的・是・豈・有・此・理──」沁芷柔咬牙切齒，雪白光滑的大腿抬起，往旁邊的洗手臺一腳踢去。在強烈的波動過後，洗手臺壁上嵌著的水龍頭，竟然被沁芷柔的怪力給硬生生震出原位，一起脫落。

大量清水自牆壁上的一整排水龍頭孔洞，嘩啦啦地呈水柱狀噴出，走廊上彷彿下起了大雨。

水珠在太陽底下折射出七彩光芒，沁芷柔站在漫天水幕中，氣鼓鼓地與我對視。她身上的制服迅速被水淋溼，布料緊緊貼合在身上，淡粉色的內衣若隱若現，曼妙的身材一覽無遺。

我將雙手負在背後，淡然道：「如果妳此刻對我出手，我們將不會再有以輕小說進行較勁的機會……也就是說明了妳的膽怯，不敢與我正面交鋒。」

沁芷柔站在原地僵立良久，我彷彿能看見她心中的理智與憤怒正在拔河，如果後者拔贏了，我自然是被狠揍一頓的下場。

又過一會，沁芷柔似乎勉強克制住自己，怒極反笑，「很好……你很好！柳天雲，我們來做個賭注。」

「賭什麼？」

「下週五的校內輕小說排行榜，我們兩人比拚名次，排名高的一方獲勝……贏家可以指使輸家一件事。」

「如果我輸了，妳想要我做什麼？」我問。

「證明你的弱小後，柳天雲，你就失去了存在價值。」

沁芷柔雙手合十，露出一個額際浮著青筋的笑容，「人家想……拜託你去死。」

又是這一句話嗎！

「我拒絕，這對我沒有好處，呃，等等……」我本來不假思索地拒絕，但我注視了一會沁芷柔，忽然改變心意。

於是我一口答應。

「好，就來比吧！」

沁芷柔低頭看了看自己潮溼貼身的衣物，那白嫩的腿、平坦的小腹與高聳的胸，盡顯青春魅力，接著抬頭望向我，呆了一下。

一秒過去。

兩秒過去。

三秒過去。

「等一下，你、你想對本小姐做什麼！色色的事不行提出喔！」

……喂，色色的事不能提出，但妳想提出的要求，可是威脅到我的性命。

「妳多心了。」我搖搖頭，「就算妳不說，我也不會提那種要求。」

我的目的是藉由跟頂尖高手對決，接受有生死危機的賭約，迫使自己飛速成長。

沁芷柔在輕小說方面的造詣，非常高。

可以說，她是一個相當強勁的對手，以我目前尚未恢復的實力，能不能勝過她……我沒有太大的信心。

但就是因為沁芷柔強，才有認真一戰的價值。

C高中目前校排名最末，眾多強校以睥睨之姿站在我們頭上，遑論還有怪物君這種壓倒性的強悍存在。

如果照幻櫻的要求，必須取得最後勝利、替她贏取晶星人的願望，我才能獲得晨曦的下落，那現在我的實力，肯定是不足的。

遠遠不足。

我必須用最快的速度在寫作之道上奔馳，爭取能用來變強的每一分每一秒。

那註定是一條不平坦的道路，但哪怕跑得滿腳是血，我也不能有絲毫停頓。

之前嘗試輕小說模擬機時，自《早餐少女》的輕小說裡，我發現晨曦藏身於菁英班內。

菁英班有五名女孩子。

沁芷柔、風鈴、幻櫻，還有另外兩名看起來文文靜靜的女生，如果一切如我所想……那勢必，晨曦就在這五人之中。

五分之一的機率。

──究竟是誰？

……我曾經想過去借閱菁英班所有人的輕小說作品，由筆風來辨認出哪位是晨曦，但──

凡是寫作一道的高手，在久經練習之下，觸類旁通，靠著深厚的筆力與經驗，變化風格不是難事。

就像將文字戴上假面具那樣，如果我願意，也能夠把大開大闔的慣用寫法，轉為少女風格的柔軟筆調。或許整體素質會略微下滑，成品不如慣用的寫法，但也不會弱到哪裡去。

所以，以晨曦的真正實力，如果像竹節蟲那樣擬態起來，改以別的風格參賽，我根本不可能認出。

「……」

目前必須將重點放在沁芷柔身上，她是五位嫌疑人之一。

沁芷柔善於扮演筆下人物，早已習慣偽裝，之前在《早餐少女》輕小說內的出糗，也有可能是刻意為之。

我必須探明她是不是晨曦，而且我必須變強——所以我與沁芷柔的比賽勢必要成立。

就算是晨曦，想與認真的我一較高下……也必須拿出真本領，用她最原始的筆調應戰。也就是說……只要逼得沁芷柔全力以赴，我就能從她的文風中看出端倪，判別她究竟是不是晨曦。

兼顧變強跟探明沁芷柔的真實身分，這是我目前能想到的最好做法。

「……吶。」

一隻雪白的手掌在我面前揮舞。

「吶！有聽見嗎！」沁芷柔嬌嗔的聲音，自極近的地方傳來。

我微微一驚，忽然發覺對方不知何時已經站在我的面前，舉起手掌在我眼前揮動，試圖引起我的注意力。

「你這傢伙是怎麼回事，答應比賽之後，就自顧自地發呆起來！」沁芷柔眼中存疑，「不會真的在想色色的事吧？」

我剛剛想得太入神了嗎？

「咳，總之……以輕小說一決勝負，就這樣說定了。」我清了清喉嚨，「那麼，早上第一堂課要遲到了，我走了。」

我轉過身，邁步走遠。

一天之始就展開這樣的鬧劇，讓我原本好端端的心情大受影響，但事情終於落幕，也是鬆了一口氣。

我漸行漸遠。

「柳天雲，給我等一下！」

我愕然回首。

沁芷柔仍站在剛剛那裡，猶豫了一下後，迅速追了上來。

她小跑步到我身旁後，用力將我的右手臂抱進她的懷裡。我的手臂緊緊貼著沁芷柔的胸口，一陣柔軟的觸感傳來。

「體驗一起去上學，剛剛說好的！」

「……我可沒有答應。」

「C高中現在是排名最末的學校，本小姐這種超級美少女可不想在一年後死去，所以我想變得更厲害！我既然這麼開口了……柳天雲，你就得陪我！」

妳想變強、練習輕小說中的劇情，為什麼非得找我不可。我感到倒楣透頂。

而且找比賽對手來幫助自己，這根本有違常理，只有怪人戰鬥力破萬的人才會這樣做。

「妳真是蠻不講理。」

「吵死了！」

無奈之下，我只好跟沁芷柔維持著「狀似戀人」的走路姿勢，彆扭地前行。

在行走過程中，我瞅了嬌蠻的沁芷柔一眼，忽然有奇異的念頭浮現。

——就像黃金史萊姆是史萊姆的一種旁支那樣……女朋友，算不算是朋友的一種呢？

思考著這樣的問題，我們慢慢走近了教學大樓。

「妳制服上的水……沾到我身上了。」

「不能只有本小姐變溼。」

「妳這傢伙究竟有多小心眼啊！」

「吵死了！吵死了！」

第三話　Re：從投降開始的魯蛇生活

菁英班學生們被抽離了原先的班級，齊聚在三樓的視聽教室上課，班導師是桓紫音。

從走廊窗戶望進，可以看見視聽教室內，稀稀疏疏地坐著十幾名學生。除了我、沁芷柔、風鈴、幻櫻之外的菁英班學生都已經到場。

桓紫音維持一貫打扮，肩膀上披著黑色薄外套，白色襯衫做為內裡，窄裙下的修長美腿套著黑色網狀絲襪。她拿著粉筆在黑板上抄抄寫寫，乍看之下與一般學校的教學沒有不同，上課內容卻差別極大。

「倒敘法的應用，可以在輕小說篇章初始埋下懸念，讓讀者……」

桓紫音滔滔不絕地講解，看來她不只是嘴上吹噓而已，寫作水準的確是真材實料。

沁芷柔剛才向親衛隊借調衣服，現在已經換上乾燥的制服。

我們拉開教室大門，桓紫音轉頭看見我們，立刻劈頭拋來一句話。

「零點一、乳牛，汝等好大的膽子！」桓紫音的異色瞳內閃動著怒火，「本吸血鬼皇女冒著被太陽融化的危險，一大早起來替汝等這些卑微人類授課，汝等竟然還敢遲到！氣死吾也，第一堂課就有四名學生遲到，曠課率高達五分之一！這教本皇女的面子往哪裡擺！」

語畢，她用力將粉筆向我擲來。

我閃過粉筆，心裡想著如何向桓紫音表達歉意。她雖然有嚴重的中二病，但本質依舊是學校老師，基本的尊重還是要給的。

「路上出了點事，所以遲到了。」我乾脆地致歉：「不好意思。」

「老師，不好意思……」沁芷柔也朝桓紫音點頭道歉。

桓紫音手掌扶著臉，瞇起單眼，以赤紅之瞳盯著我們直看，彷彿想計量出我們的致歉有多少誠意。

最後重重地哼了一聲。

「汝等……到底有沒有C高中現在是最末位的自覺！C高中下個月絕對不能再輸了，是非贏不可！而且汝等語氣、神態、動作中，連一丁點誠意都沒有。

「零點一、乳牛，吾給你們三分鐘討論，若是三分鐘後，還是沒辦法讓吾看到『該有的誠意』，吾就將……汝等這對該死的情侶踢出菁英班！

「菁英班不需要任性的學生，在緊要關頭時，剛愎自用的人只會拖累團體。」

桓紫音不愧是連校長、學務主任等昔日上司都敢奴役的女人，手段雷厲風行，果斷無比，面對她時，就連我都感受到龐大的壓力。

她說完後，就低頭望著手錶，竟然已經開始在計時。菁英班的所有同學都注視著我們的窘態，裡頭當然有沁芷柔的粉絲，但似乎是被桓紫音的魄力給震住，沒有人敢開口求情。

桓紫音口中「該有的誠意」到底是什麼？

三分鐘的討論時間慢慢過去，我跟沁芷柔對望一眼，她漂亮的碧眼裡帶著困惑。

菁英班的入選門檻極高，無數候補想要擠進菁英班而不可得……如果因為這點小事被踢出去，肯定會被眾人嘲笑一整年。

「那個……現在怎麼辦？」沁芷柔小聲地問：「你可以用大笑蒙混過去嗎？」

……蒙混個頭啊。我用力搖頭否決了這主意。

「桓紫音、呃，桓紫音老師要的是誠意。」我分析剛剛桓紫音憤怒的原因，道：「不如說，我們必須讓她確實感受到『道歉的誠意』。」

「誠意……誠意……」沁芷柔思考了幾秒，忽然雙眼一亮，「我知道了，這種情況下，『誠意』肯定是指那個對吧！」

沒想到沁芷柔竟然比我先猜到答案。

也是，畢竟她曾經在輕小說比賽中戰勝過我，又能完美扮演各種筆下角色，況且跟桓紫音是同性，比我先想到答案也是十分合乎情理。

過去我一直誤會沁芷柔只是傲嬌、暴力、隨時可能會轉換成有病角色的怪怪美少女，不過這麼看來，她還是有一些優點存在的。

我跟沁芷柔的處境，可以說是處於同一條快要沉掉的船上，只能同舟共濟，協力度過難關——就算只是短暫的合作關係，我也必須重視沁芷柔的意見。

「所以答案是什麼？」我期待地問。

「露出胸部，就是誠意。」沁芷柔道。

我一聽之下，震驚得嘴巴無法合攏，期期艾艾地道：「胸……胸部？露出胸部就是誠意？」

什麼意思？這答案到底是怎麼一回事？我幾乎要想破腦袋，還是無法理解沁芷柔是怎麼推想出這種結論的。

沁芷柔挺起胸，一陣得意，「道歉時露出胸部是常識對吧？很多輕小說跟漫畫裡都這樣寫。所以……露出胸部就可以了。」

可以妳妹啊啊啊啊啊啊啊啊啊！

妳這個設定系少女，別把二次元世界的定律套到現實來啊！

如果我現在能跳上時光機，絕對會回到幾十秒前，狠狠揍那個「曾一度相信沁芷柔的自己」一拳。

不行。

這樣下去不行！

確切明白到沁芷柔不可靠的瞬間，一種悲寂的情緒湧上我的心頭。

在面對柦紫音的脅迫、如此惡劣的情況下——這是連孤軍奮戰都不足以形容，還會有奇葩隊友倒打你一耙的悲涼戰場。

我對沁芷柔的下限觀感再次刷新，與此同時，時間仍在一分一秒地流逝。

……如果被踢出菁英班，我得到的資源就會相應減少。

……資源減少後，我就不易迅速變強。

……不易變強，若是無法贏到最後，我或許就無法自幻櫻身上得到晨曦的下落。

一切都是環環相扣。

好比遊戲中的第一關，如果在一開始就失敗了，就永遠別想見識到結局處的風景。

所以我不能輸——

我要從這一關……脫身而出，繼續往前走，走到沒有人到達過的高處！

在被逼至絕境的此刻，彷彿身處火場時能爆發出的怪力，我的思緒運轉速度也到達極限。

緊接著，如同閃電橫空般，強烈的靈感劃過我的腦海。

是了，我終於明白了。

……桓紫音，是中二病。

所以，她所謂的誠意就是——

我單膝落地，半跪在地上，朝著桓紫音彎下腰，施了一個西式的晉見禮。

「闇・維希爾特・玫瑰一族的皇女喲——請原諒您卑微的追隨者。為了盡早領悟玫瑰皇女的教義，吾等眷屬……忙於汲取夜之精華，徹夜未眠，這才不小心在您授課的初日，姍姍來遲。

「還請玫瑰皇女，海涵！」我誠意十足地道出最後兩字，然後維持著彎腰的姿勢，等待桓紫音的表態。

幾秒鐘過後，桓紫音發出了「呼呼呼……」的咕噥聲。

「眷屬啃，抬起汝的臉孔。」

我依言抬起臉，看見桓紫音的臉上笑開了花。

就好像一個寂寞已久、終於找到人陪他玩耍的小孩子那樣，桓紫音顯得雀躍不已，剛才的怒氣已經煙消雲散。

「既然是為了汲取夜之精華，事出有因，那吾也不好太過責備。」

「汝等過關了，這次的遲到吾不追究，去找個位置坐吧。」

我起身後，朝桓紫音點了點頭，果然看見她笑得燦爛無比。

桓紫音會這麼開心，大概是之前沒有人肯陪她玩「吸血鬼皇女角色扮演遊戲」，在自己的世界裡孤單太久了吧。

我走到教室最後方的空位坐下。

視聽教室的課桌椅與一般教室內常見的單人配置不同，為了方便收看電影布幕，桌椅都是由白色壓克力所製，呈長條狀，足以讓五個人並排坐在一起。

「……」

桓紫音繼續開始講課。

沁芷柔站在原地想了一陣後，最後似乎極為勉強地走到教室後方，跟我坐在同一張長椅上。

她剛坐下，便抬眼看了看講臺上的桓紫音，又看了看我，雙手交叉抱肩，露出詭異的厭惡表情，接著挪動屁股，坐到長椅的最角落去，似乎打算盡量遠離我。

在看了沁芷柔一眼後，我忍不住問道：「……妳幹麼？」

好歹我剛剛拯救了沁芷柔一次，她居然這樣回報我，即使是我這種早已習慣孤獨的人，也感到微微受傷。

「啊啊……沒什麼。」沁芷柔表情僵硬地撇過頭去。

她越是這樣，越是挑起我的好奇心。

「到底怎麼了？」

在我的追問下，沁芷柔終於以同情的口吻給出解答。

「唉，本小姐本來以為，你只是喜歡動不動就大笑的有病怪人……沒想到你還是嚴重的中二病患者。老實說，我開始後悔向你這種人提出比賽的要求了。嗯……總之加油吧，日後還有很長的日子要過，你辛苦了。」

我被沁芷柔給同情了。

而且被稱為「有病怪人」。

彷彿一個乞丐嘲笑你是窮人，一種「這話輪不到妳來說」的難受感覺油然而生。

被其他人這麼說也就罷了，被沁芷柔同情，讓我備感不悅。

於是我開口辯解。

「嘿，我可不想被設定系少女給同情！妳也不想想自己到底扮演過多少種有病角色！更不想被一個會說出『露出胸部就是誠意』，認為那是現實常識的傢伙奚落！」

沁芷柔不滿地鼓起臉頰，像毛毛蟲那樣，在長椅上蹭蹭蹭地迅速移動身體朝我靠來，還用肩膀大力撞了我一下，認真地向我提出抗議。

「什、什麼嘛！本小姐扮演筆下角色，是為了寫出更好的輕小說耶！」

「我即使不扮演一堆奇奇怪怪的角色，寫起輕小說來也很厲害。」我淡淡道。

「哪裡厲害，上次還不是輸給我！」

「只輸了一點點。」

「輸一點點也是輸啊！」

正當我們吵得不可開交時，教室大門再次被人拉開，一名少女走了進來。

當我看清來者後，胃部感到微微緊縮。一個沁芷柔已經夠我頭痛，如果這名少女再參與進來……前景完全是一片黑暗。

幻櫻。

她難得沒有穿著狂熱宗教分子般的黑袍，而是一身標準的學生制服。

幻櫻走進教室後，東張西望了一下，很快便發現了我。

看見弟子一號後，幻櫻像是找到遺失的玩具那樣，露出古怪的笑。她的笑容本身很美，但想到笑容背後可能藏著的邪惡念頭，我暗暗提高警覺。

但幻櫻的容貌，引起了教室內一片騷動。

「天啊，那是誰？」

「有人認識她嗎？」

「除了沁芷柔大人跟風鈴大人，學校裡還有這種等級的美少女？」

「誰快去調查她的資料！我要當她親衛隊的大隊長！」

就連沁芷柔也拚命對我發問：「喂，柳天雲，那是誰？她為什麼對你笑？」

我不想對沁芷柔說明原因。

不過，幻櫻會引起騷動，也是無可厚非。

仔細一想，幻櫻除了利用晶星人降臨的混亂、趁隙來把我抓走那時，其餘時候，全身都罩著寬大的黑袍。

昨天在學務處集合，幻櫻也穿著黑袍去參加，連面孔都遮掩起來，難怪沒有人看過幻櫻究竟長什麼模樣。

她原本就是不遜於沁芷柔與風鈴的美少女，理論上，想成立同等規模的親衛隊勢力也是輕而易舉，只是沒有興趣罷了。

「……」幻櫻面對菁英班成員的驚奇態度，一句句恭維傳入耳裡，卻沒有太多反應，只是微微翹起嘴角。

不過，沒有人比我更瞭解，幻櫻究竟有多可怕。如果要拿遊戲裡的 Boss 來比喻，幻櫻無疑是惡龍等級。

與這些C高中美少女對陣時，不能被漂亮的外表給迷惑，導致心態上有所放鬆，不然後果不堪設想。

幻櫻將目光停在我身上。

「你果然在這呀，弟子一號。」幻櫻說完，邁步向我走來。

她行走時，腰間的狐面墜飾互相碰撞，喀啦喀啦直響。

我與沁芷柔坐在教室最後方，幻櫻剛走過半間教室，這時一道冷冷的聲音喚住了她。

「卑微的人類唷，膽敢無視本玫瑰皇女，汝……該當何罪？」桓紫音寒聲道：「汝是菁英班的學生嗎？昨天在學務處集會時，沒見到汝。」

面對桓紫音的怒火，幻櫻卻十分平靜。

「我是輕小說排行榜第十九的幻櫻。」幻櫻語氣平常，「我身為菁英班學生，來這裡上課，有什麼不對嗎？」

「幻櫻？幻櫻……哦，汝就是昨天那個黑袍人。」

桓紫音想起後，隨即又怒道：「汝當然不對！」她的不悅之情，溢於言表。「汝遲到了！沒有任何表態就想過去，在吾面前還如此張狂，焉有此理！」

幻櫻一挑眉，問：「不行嗎？」

「當然不行！」桓紫音惱怒地說：「吾乃玫瑰皇女，還是菁英班的班導師，汝要給出合理的尊重！」

「嗯。」幻櫻頷首，「既然不行，那我走了。」

說完她轉過身，竟然真的往教室門口走去。

才剛進教室，說走就走。

幻櫻的乾脆，讓教室內所有學生都傻眼不已。

「……」桓紫音這時摀住單眼，以赤紅之瞳注視了一下幻櫻。

接著，她的紅色眸子忽然微微瞇起。

就在幻櫻拉開教室大門、腳步正要跨出去時，桓紫音再次叫住了對方。

「……等一下。」

幻櫻聞言回首，一隻腳已經邁出了視聽教室。

然而，最後桓紫音給出的回覆，大大超乎我的意料。

「吾……原諒汝了，去找個位置坐下吧。下次記得別再遲到。」

這樣就態度軟化了？我行我素到了極點、無視整個C高中的出戰意見，擅自決定投降的那個桓紫音……竟然放棄了身為中二病的堅持，輕易放過了遲到的幻櫻？

難道桓紫音對美少女特別心軟？不對，沁芷柔也是美少女，怎麼剛剛我們遲到，不見桓紫音表態。

還是說……因為她們都是貧乳，同病相憐？這想法倒是有點可能性。

桓紫音服軟的事實擺在眼前，我錯愕了許久後，最終還是慢慢接受了情況。

戰勝了中二病老師後，幻櫻朝我比出勝利手勢，似乎是在向我炫耀。

桓紫音順著幻櫻的日光發現了我，狠狠瞪了我一眼，那眼神之凶狠，就好像是我唆使幻櫻使壞一樣……同時她嘴唇微動，似乎在喃喃低語著什麼。

我試圖解讀她的脣語。

汝……死……定……了，零點一。

為什麼把帳記在我頭上！冤有頭債有主啊！

在我理解自己大概是天下第一衰人的同時，幻櫻輕快地朝教室後方走來，迅速接近了我。

接著，她大大方方地擠進我跟沁芷柔中間，像一堵牆壁那樣將我們兩人隔開。

「這裡位置不錯。」幻櫻愉快地說：「弟子一號，我坐這裡，你應該沒意見吧？」

「……沒意見。」我回道：「如果不要離我那麼近，那就更好了。」

「那可不行。」幻櫻將手肘靠在桌子上，手掌托著臉頰，朝我詭笑道：「畢竟我們……是『那種關係』呢。」

我明白幻櫻的意思。

她是我的師父，所以想坐哪就坐哪，今天就算她想坐在我的腿上或肩膀上，我也只能負重忍辱、乖乖就範。

如此而已。

光是進教室就費了這麼多功夫……我嘆了口氣，慶幸讓人心力交瘁的鬧劇終於結束。我正想仔細聽桓紫音授課時，沁芷柔卻霍地站了起來。

不止站了起來，她還將雙手拍在桌子上，發出「砰」的一聲巨響。

「？」我一愣，轉頭向她看去。

沁芷柔面色鐵青，雙唇緊閉……再仔細一看，她的嬌軀竟然在微微發顫，呼吸亦十分急促，似乎是因為激動而發顫，又像是在拚命克制自己將情緒噴發而出的衝動。

沁芷柔突如其來的舉動，拍桌發出的巨響，吸引了教室內所有人的目光。

「打擾吾傳授闇夜精華……所為何事？」桓紫音的臉色也十分難看，或許她還在記恨剛剛幻櫻進教室的事。

「老師……我身體不舒服……想要去廁所一趟。」沁芷柔的話聲明顯經過壓抑，

「請問可以嗎？」

「去。」桓紫音言簡意賅地回。

得到同意後，沁芷柔離開座位——並順手將我勾起，一路將我往教室門口扯去！

「柳天雲，你也跟我來！」

「什麼？」

我完全敵不過沁芷柔的怪力，踉蹌地從位置上被拉起。倉皇間回頭一看，看見幻櫻好端端地坐在位置上，捧著臉蛋對我發笑。

……不祥的預感。

一路越過教室、走廊，爬過多層樓梯後，我被沁芷柔拖進了使用者稀少、最偏僻的頂樓女廁。

女廁與男廁的構造差別極大，全部都是隔間的蹲式廁所，裡頭有淡淡的清潔劑味道。

這是我第一次進女廁。

沁芷柔將我拖到女廁後，把我逼進最裡頭的位置，而她自己擋在唯一的出口處，活像怕我逃掉。

我仔細觀察沁芷柔的表情。

她板著一張臉，黛眉互相靠攏，明明白白地表達出「本小姐正在生氣」這樣的意思。

接著，沁芷柔雙手扠腰，面朝我而站。

「柳──天──雲！」她以憤怒到帶著抖音的語調，呼喚了我的名字。

「？」我大惑不解。

「本小姐從來沒有見過……像你這麼厚顏無恥的人！我給你最後一次機會，坦白從寬，現在告解你自己的惡行並誠心改過，我就考慮原諒你！」

被稱作厚顏無恥，其實我並不介意，連破皮般的情感輕傷都沒有。

因為我柳天雲……心靈非常強大。

我心靈強大的祕密，其實說穿了也非常簡單。

獨行俠分為兩種，分別是被排擠的孤獨者，與自願的孤獨者……前者悽慘落魄，而後者尊爵不凡。

自願成為孤獨者的我，無疑是屬於尊爵不凡的那部分。

打個比方來說吧，在戰爭進行到最慘烈的階段時，為了戰術需要，必須派出一個人去執行十死無生的特級任務……如果是沒有人自願的情況下，勢必會由上級指派一個倒楣鬼去完成這個苦差事，而這時其他人只會有「幸好是別人」、「我運氣真好」、「老天保佑」之類的感受。

但如果今天有一個自願者，在上級詢問時勇敢地站出來，接下這個必死無疑的任務，雖然與上個例子同樣是通往「有人執行特級任務」這個結局，其他人的感受卻會大大不同。

「勇者無懼」、「這男人擁有霸者之魂」、「請受小弟三拜」……諸如此類的感想，將會如雨後春筍般冒出，聽到該自願者耳朵長繭為止。

所以囉，可以說是「自願」這個詞，讓孤獨上升了二點三三三三倍的格調。

從這個例子中就能簡單明瞭地體會到，自願的孤獨者究竟有多麼厲害！

「你還有三分鐘時間，可以坦承自己的罪行，柳天雲！」沁芷柔學起了桓紫音，給出思考期限。

她朝我豎起右手三根手指，怒氣勃發，「我有帶和服在身上。如果時限到達之前，你還無法給本小姐一個滿意的答案，我想你……知道後果。」

她很認真。

我愣愣地望著沁芷柔，過了幾秒，確信她不是在開玩笑。

……搞什麼。

我柳天雲身為尊爵不凡的孤獨者、孤獨干國的公爵，先是幻櫻，再來是沁芷柔……為什麼妳們一個個都要把我逼到絕境！

簡直是欺人太甚！

但……

之前已經說過，我柳天雲……很強。

一旦認真起來，強到連我自己都會害怕——害怕站在不勝寒冷的高處，將再無敵手！

「……」

沁芷柔豎起的三根手指，在這時收回了一根，向我表示剩下兩分鐘。

眼看時間緊迫，於是，我將心神沉入了思考中。

所謂事出必有因。

就算沁芷柔是設定系少女，又是罕見的怪人，一切不能以常理度之，她會發怒……也必定有其原因。

我閉上雙眼，將至今為止的畫面在腦海中不斷倒帶，嘗試追溯沁芷柔怒氣的源頭，究竟在何處。

我憶起沁芷柔在幻櫻還沒進教室、跑來挨著我們坐下前，還很正常。

「原來如此……嗎？問題的癥結點，看來就出在幻櫻身上。」

難道是吃醋？這是我第一個想到的答案，但沁芷柔只是我名義上的女朋友，而且感覺恨不得除我而後快，所以根本不可能。

又或者……嫉妒幻櫻長相可愛？剛想到這裡，我馬上否決了自己的想法。

沁芷柔的容貌並不亞於幻櫻，她沒有必要嫉妒。

——那問題究竟出在哪裡？

這兩名美少女之間，有什麼原因，會讓沁芷柔怒到拍桌而起？

「時間要到了，柳天雲。」沁芷柔再度收回一根手指，時間還有最後一分鐘。

我以單手按臉，從指縫中觀察著沁芷柔。看見她豎起的手指剩下一根，我開始感到些許焦慮。

我完全不想在女廁裡被沁芷柔狠揍一頓。

面臨時間壓力的我，在心裡對自己發出吶喊，拚命做著分析。

快想想……

柳天雲，快想想！

……她們兩人都是美少女。

……看起來都缺乏朋友，屬於悽慘落魄的孤獨者。沁芷柔只有親衛隊，那不算朋友。

……而且都是怪人。

……武力都很強。

「!!」

在「武力都很強」這五個字飄過意識之海的瞬間，我的雙眼急速瞪大。

接著，我忍不住開始笑。

「哼哼哼哼……哈哈哈……」

「哈哈哈哈哈哈哈哈哈……」

我的笑聲在空蕩蕩的女廁激起隆隆回音，笑聲與笑聲彼此疊合，彷彿有兩個我同時大笑，這是前所未見的奇妙情景。

原來如此。

沁芷柔，妳的思路……我柳天雲看破了！

接著，我雙手朝兩旁一攤，做出「真拿妳沒辦法」的肢體語言，並朝沁芷柔點了點頭。

「我懂……我都懂。」

「哈？你懂了什麼？」沁芷柔像是被我突兀的笑聲給嚇到，退後一步，謹慎地問。

「幾年前，我還是國中生的時候，看過一部漫畫，叫做《彼岸大陸》。」

我的話題顯然大大出乎沁芷柔的預料，她聞言一愣，「漫、漫畫？」

「《彼岸大陸》是一部敘述人類對抗吸血鬼的作品，吸血鬼的首領叫做雅……」

我饒有深意地在這裡做出語氣停頓，接著慢慢道：「《彼岸大陸》裡面有很多實力高強的角色，一刀能輕易斷樹，出斧能開碑裂石。」

「而當獨霸一方的強者，罕見地遇見同樣級數的厲害人物時……透過無形的氣機感應，他們察覺到對方的恐怖實力，因為期待戰鬥，就會興奮到全身震顫，在該作品裡，將之稱為『武者震』。」

沁芷柔像是完全無法跟上我的思考速度，呆呆地望著我，問道：「所以說？」

我話說到這個地步，沁芷柔直到現在還無法領悟，老實說，讓我有點意外。

沁芷柔的武力很強，一腳能踹破塑膠盆栽。

而幻櫻的本領也極其厲害，用羚羊拳跟螺旋搏擊等招式，將我打得毫無還手之力。

所以說……謎題的答案，其實已經呼之欲出！

我對著沁芷柔，颯爽道出結論。

「妳察覺到了幻櫻的強大，身體產生了武者震，所以想向其挑戰！但當面直接下挑戰書，有失高手風範……所以打算委託我，轉交挑戰書！

「之所以將我拉來廁所，正是打算藉由我柳天雲高明的寫作能力，替妳草擬出一份合適的挑戰書！」

我哈哈一笑。

「沒想到妳也挺有眼光，這恰好是我柳天雲擅長的領域。」

沁芷柔聽完我的推論後，嫣然一笑，嬌豔如花，讓我心中一動，內心深處有某塊區域，險些被她吸引。

她如此欣喜，倒是出乎我的意料。

或許我低估了自己的推理能力。

……能準確掌握自己人生方向的人，百中無一。如果有，這樣的人往往就會被稱為命運之子。

不過，連用命運之子來形容我柳天雲，都已經稍嫌薄弱了……不如在後面加點變化，抽詞換字為……「命運之霸」！

「……」

沁芷柔維持著燦爛的笑容，一步步向我靠近。

她雖笑得燦爛，但我總覺得，那笑容底下隱隱藏著令人戰慄的黑氣。

「某種程度上來說，你還真厲害。」

「有生以來第一次，人家在認真考慮……要違背自己的設定，穿著學校制服去痛宰一個人！」

聽到她這句話，我的笑臉頓時僵住。

……什麼？

痛宰？妳要痛宰我這個命運之霸？

「看來果然是本小姐猜想的那樣吧，柳天雲。」

沁芷柔離我越來越近，我已經能聞見她身上的香氣。她的臉蛋上帶著些許紅暈，乍看之下含羞帶怯，完全想像不到是剛剛才放話要痛宰別人的惡煞。

但我可沒有被外表給欺騙，沒有人比吃過苦頭的我更加瞭解，面前的少女如何病入膏肓，是多麼殘念的設定系怪人。

「就像之前你用偷拍裸照脅迫我，逼我當你女朋友一樣……」沁芷柔雙手合十，眼中光芒閃動，「你也抓住了那個叫幻櫻的女孩子的把柄，威脅她跟你保持某種關係吧？」

……我抓住幻櫻的把柄，威脅她跟我保持某種關係？

在言語入耳的剎那，我總算理解了事實，並迅速修正「命運之霸」的錯誤推論。沁芷柔為什麼會在教室一怒拍桌，將我帶來廁所進行審問，真相終於水落石出。她認為「柳天雲這個十惡不赦的大壞蛋，絕對是用了某種方法，脅迫叫做幻櫻的可憐女孩」，於是義憤填膺地打算替同為美少女的幻櫻討回一個公道。

我的眼前忽然閃過被幻櫻狠揍的畫面、被逼著拿天殺的攻略本執行的畫面、被幻櫻騎在肚子上的畫面……無數畫面閃過眼前，最後……我感到悲從中來，從來沒有這麼委屈過。

「專門挑美少女下手，你真是好大的膽子，柳天雲。」

沁芷柔在這時已經步到我面前，用手掌在我臉頰上來回摩挲，這個狀似戀人之間的親密舉動，卻莫名地讓我聯想到尋找下刀部位的屠夫。

「沒有沒有沒有！」我波浪鼓般搖頭，「妳完全說反了啊！根本不是那回事！」

「不然呢？真實情況是？」她輕聲問道。

沁芷柔給予的壓力當面而來，遭幻櫻控制的強烈委屈也湧上心頭，我再也忍耐不住，將心頭實話傾瀉而出。

「有天幻櫻忽然來教室逮住我，牽著我的手去摸她胸部，最後威脅我當她的徒弟！我如果不聽話，她就揍我！那傢伙還寫了一張亂七八糟的攻略本，逼我照上面寫的去做，美其名是要讓我交到女朋友……可是在我看來，她根本是以玩弄我為樂！如果被欺壓的人不是我柳天雲，一般學生早就受不了而逃學了啊！

「我作夢也沒想過，有女孩子能做出這麼惡劣、粗暴的行為，她完全是怪人一枚……如果怪人有建立像特級廚師那樣的等級制度，她完全可以拿到特級怪人的臂章！」

──說到這，我忽然開始思考沁芷柔跟幻櫻誰比較怪。

似乎不分軒輊，各有各的怪。

「所以你的意思是……」沁芷柔的語調很溫柔，「有個超級美少女硬逼你摸她胸部？」

「嗯！」我用力點頭。

沁芷柔又道：「然後她一個外表堪稱萬人迷的美少女……整天纏著你不放，硬要跟你建立師徒關係？」

「嗯嗯！」我再次點頭。

沁芷柔沉默了一下，輕柔、緩慢地問：「她還深怕你交不到女朋友，寫攻略供你執行？」

「嗯嗯嗯！」

沁芷柔朝我笑了笑。

然後她雙手爬到我的後腦處，十指插入髮縫中。

——最後將我的臉孔猛力下壓，往她豐滿的胸口壓去，讓我完全無法呼吸。

「你這混球！到底想愚弄我到什麼地步!!編故事也要排點合理的劇情啊！你把本小姐當作笨蛋嗎！」

沁芷柔陷入了狂怒狀態，甚至不顧自己還穿著制服，只能扮演「校園偶像」或「天然呆吐司少女」，直接對我使出了水雲流少女的乳殺。

之前在沁芷柔變成水雲流少女時，我曾被她這招給擊中過，那次靠著張嘴咬人才得以脫身，但這次如果再故技重施，沁芷柔羞怒之下，肯定會動手殺掉我。

擠出肺部剩餘的氧氣，我含糊地大叫，試圖動之以理：「豬手（住手）！妳身上的衣服還沒換過啊！」她還沒換上衣服，怎麼可以用上這招！

「為什麼要換？」沁芷柔按著掙扎的我，哼聲道：「本小姐跟你在交往嘛，讓男朋友躺胸，這是情侶之間的親密舉動而已哦！」

完全是強詞奪理！

我的意識逐漸模糊。

就在我即將窒息的前幾秒，背後忽然傳來高分貝的尖叫聲。

沁芷柔大概是嚇了一跳，環抱稍鬆，我趁機掙脫了控制。

我連連咳嗽，大口呼吸珍貴的空氣，回頭看見一個菁英班的文靜女學生，站在廁所門口望著我們，滿臉驚恐。

「沁芷柔大人，我、我……我看您這麼久還沒回來，出來找您……我打擾到你們的好事了嗎？」

她似乎也是沁芷柔的親衛隊成員之一。我恍然——剛剛我的臉埋在沁芷柔的胸口，她試圖悶殺我的動作，或許在旁人看起來非常親密。

「才沒有！」沁芷柔氣得滿臉通紅，頓足怒道：「跟這傢伙在一起，怎麼會發生好事！」

我按摩著遭受壓迫而疼痛的頸部，難得與沁芷柔的看法完全一致，只差沒有複誦一遍回敬她。

「咦……那個……沁芷柔大人。」文靜女學生怯生生地說：「我會裝作沒看見，你們可以繼續沒關係……」

「關係可大了！」沁芷柔用強烈的語氣反駁：「被別人這樣擅自想像，本小姐會很困擾的！」

「可是……可是……」文靜女學生欲言又止。

「可是什麼！」

我初見這些親衛隊時，就覺得她們非常像遊戲裡跟隨大魔王的小兵群。現在看到魔王發怒，慣於侍主的小兵會顫抖到無法完整表達意思，也是非常正常的事。

魔王跟小兵又持續了一陣纏七夾八的對話，最後沁芷柔用力抓著自己的金髮，俏臉皺成一團，發出混雜懊惱與氣憤的喊聲。

「啊——煩死了！我已經不想再談這件事了，越講越亂，我們回去上課！」

得到沁芷柔同意後，文靜女學生快速離開了現場。

而沁芷柔似乎也失去了痛宰我的興致，背對著我，眼看就要走出廁所，返回教室上課。

興致缺缺、只想快點回去上課的沁芷柔，給人的壓力頓時減弱。

就在這一瞬間。

這一瞬間……

這一瞬間——

我的腦海中，閃過一個絕妙的想法。

在獨行俠的道路上，我已經走了太遠，深明這世間的真理。

當眾人都堅信某件事就是實情時，哪怕這件事再荒謬不過……以假亂真、以虛化實，那它也將成為眾人敬奉不移的信條。

只要在這裡擊敗沁芷柔，讓對方認為我很強，強到她不敢再來招惹……那我本身是否弱小、實力到底是不是真的強大，就是完全無關緊要的事。

沒有比這更好的局面了。這是我高舉正義大旗，戰勝虛弱期魔王的絕佳機會！

而且，若是我在這裡擺脫了沁芷柔，讓她產生畏懼、不敢接近，我就能藉機疏遠這個名義上的女朋友……同時這也代表著，我擊敗了幻櫻。

讓幻櫻這個不知所謂的攻略計畫失敗，使她明白自己的缺陷之處……如此一來，哪怕「幻櫻」外號被稱為不落傳奇，從未敗過……

我柳天雲，也將親手擊墜……**這個被捧上天的傳奇！**

可謂一石二鳥。

完全是一箭雙鵰。

只要在這裡擊敗沁芷柔，這兩個有病的美少女，將同時臣服於我柳天雲的麾下。

所以，我必須鼓起勇氣行動。

掌握一切當把握之機。如果錯過了現在，之後沁芷柔心血來潮又想痛宰我，那時我將後悔莫及。

世上是沒有後悔藥吃的，所以這一刻，我竭盡所能發揮輕小說家的想像力，將自己與崑崙山上修道、仙風道骨的的仙人重合。漸漸地，我恍若能夠看見自己站在最高峰處，腳下雲霧盤繞，達到「萬物繁枯皆不介於懷」之境。

沁芷柔輕移蓮步，眼看就要邁出廁所。

於是我抓住機會，手負在身後，發出一聲長笑後，出聲喚住了沁芷柔。

「給老夫……站住！」

沁芷柔原本正要跨出廁所，聽見我的喊聲，腳步霍地停下。

「……」接著她極緩慢、極緩慢地回過頭，以側臉對著我。從這個角度，我只能看見沁芷柔一隻眼睛。

——一隻帶著殺意的恐怖眼睛。

面對她的殺意，我即使已經化身為崑崙山仙人，雙腿依舊不爭氣地開始顫抖。她渾身散發出來的恐怖意念，足以殺仙屠神。

顫抖從雙腿迅速蔓延到了全身。

彷彿自身是狂風暴雨中飄蕩的一葉孤舟，又好像是在漫天風沙裡掙扎的一片落葉……在沁芷柔面前，我無比深刻地體驗了這種感覺。

「你在發抖。」沁芷柔冷冷道。她只用右邊側臉的單眼注視我，依舊敏銳地注意到這件事實。

「記得剛剛提到的武者震嗎？」面對大魔王的威壓，我將所有意志力都用來維持自己的冷靜，強自笑道：「當強者遇上另一個強者，這是必定會有的現象。」

雖然我是虛張聲勢，而沁芷柔是真正的強者，不過不打緊，只要能蒙混過去就好。

「……」沁芷柔聽了我的解釋，沉默下來，但她那隻單眼開始微微充血，看上去有些發紅。

這時我的手往下巴探去，本來打算撫摸崑崙山仙人及胸的白色鬚髯，卻摸了個空。

我乾咳一聲，朝沁芷柔搖了搖頭，再次朗聲大笑。

「哼哼哼……哈哈哈哈哈哈……」

古有越王勾踐，在一場戰爭後，被敵俘虜，囚之為奴。

後來，勾踐被釋放後，奮發向上，為了提醒自己不忘戰敗之辱，時常一嘗苦膽；多年後，勾踐積蓄力量，終於擊敗當年的敵人，報了多年大仇，一雪前恥。

這就是有名的「臥薪嘗膽」成語的由來。

又可謂君子報仇，十年不晚。

而我柳天雲，也是如此……志向之大，不下於當年的越王勾踐，忍辱負重，就為了揚眉吐氣的一刻！

一邊笑，我心裡思緒通達，氣度更顯凌厲，隨著搖頭朗笑的動作，我全身的威勢不斷拔升……不斷拔升，直到壓過了沁芷柔的魔王氣場為止。

恍若感受到了我身上的變化，沁芷柔漂亮的側臉，微微產生了怒火之外的表情變化。

很顯然。

很顯然……她已經走入困惑的死胡同中。

困惑於……我柳天雲的真正格調！

於是我趁勝追擊。

「沁芷柔啊沁芷柔，難道到了這一刻……妳還不懂嗎！」我用力一拂袖，怒然道：「還不懂現在的情況！」

「？」沁芷柔顯然不明白我的意思，繼續保持沉默。

「妳仔細想想，就像象棋的強弱排行那樣，我們能以誰戰勝誰……來簡單分出個體強弱！在妳心目中，幻櫻是被我抓到把柄、只能任我擺布的可憐美少女對吧？」

我觀察沁芷柔的表情，確認她在仔細傾聽，不會馬上發難揍人後，又繼續說了下去。

「妳畏懼桓紫音，而桓紫音不敢得罪幻櫻，幻櫻又只能任我擺布……由此可見，我柳天雲……明顯是最上位的強大存在！」

我越講越是順暢，內心的畏懼之意漸去，將崑崙山仙人的強大風采發揮得淋漓盡致。

我彷彿能看見崑崙山上的雲霧與山峰也隨之出現，取代周遭空間。在那廣闊的天地面前，就連沁芷柔這個魔王，相形之下也變得渺小。

「還記得吧？剛剛妳要悶殺我時，妳的親衛隊剛好想起了妳，剛好找到了頂樓，剛好撞見了妳下手。

「難道說，這麼多『湊巧』，還不夠妳拼解出事實嗎！沁芷柔！」

隨著我強勁的話語落下，沁芷柔的臉上出現疑懼之色，殺氣漸弱。

「難道說……他事先料到了親衛隊會過來？又或者，這根本就是他安排好的後手！」我彷彿能看見她腦海中飄過的疑問句，越笑越是歡暢。

「所以了，明白我柳天雲的強大後，以後別再來招惹我，處理雜魚是很麻煩的。」

「雜……雜魚？你說本小姐是雜魚？」沁芷柔驚愕地重複這個稱呼。

眼看沁芷柔被我唬得一愣一愣，我興高采烈地繼續杜撰。

「沒錯，就是雜魚。」我鄭重道：「別說是妳了，就連幻櫻那傢伙，也遠遠不是我的對手……不信的話，妳可以現在變身成水雲流少女試試。不過，妳若是變身逼出我的底牌……會有什麼後果，我就不敢保證。」

大魔王的臉色青白交替，已經動搖，陷入了長久的思索中。她肯定在思考，變成水雲流少女之後，我柳天雲到底有什麼底牌可以反制她。

她肯定想不出來，如果無懼的勇氣不算的話，我根本沒有任何底牌可言——即使如此，我能在這裡戰勝沁芷柔的機會，依舊高達八成以上。

因為所謂的輕小說家，所謂的寫作……說穿了，即為透過文字，將虛幻的事物在別人腦海裡完整構築出來。

如果要用更簡單的字句來描述——那就是比誰更會胡扯，更會天馬行空地妄想！

設定系少女唷，我佩服妳對於輕小說的熱情，亦瞭解妳堅持想變強的原因，但……

但，有一句話叫做貪多嚼不爛。

也就是說，鍾情於「崑崙山仙人」化身的我，肯定比妳這個喜歡一大堆角色的「設定系少女」技高一籌。

設定系少女唷，與妳做設定……乃至言語上的單打獨鬥，我是不可能會敗給妳的。

再來個三言兩語，妳將深深陷入我的言詞陷阱中，再也無法脫身而出……並震懾於對手的霸氣，在芳心上刻下我柳天雲的強大身影。

所以，是我贏了！

「所以，是我贏……」

我一邊哈哈大笑，正要將心中的臺詞真正念出口時，話聲卻戛然而止。

因為一抹嬌小的身影，在此時進入我的視野中。

不速之客。

有著美麗銀髮的嬌小身影就站在沁芷柔身後，踮起腳尖，自沁芷柔肩膀上方將目光投來，視線牢牢地定在我身上。

然後她光滑無瑕的臉蛋上，漾開了一個充滿戲謔意味的笑容。

「弟子一號，你似乎打算做很有趣的事呢。」幻櫻道：「我不是說過……不准違背師父嗎？至少不能被我發現。」

一邊說，幻櫻從口袋裡摸出手機，按下了某顆按鍵，接著手機開始擴音播出某段錄音。

錄音剛開頭了三個字，我原本還算平靜的心情，立刻大變，恐懼得不能自已。

——那是我的聲音！

「在妳心目中，幻櫻是被我抓到把柄、只能任我擺布的可憐美少女對吧？妳畏懼桓紫音，而桓紫音不敢得罪幻櫻，幻櫻又只能任我擺布……

「由此可見，我柳天雲……明顯是最上位的強大存在！」

「……」

「真是不謹慎呢，弟子一號。」幻櫻輕點朱唇，微笑道：「連自己身上有竊聽器跟發信器都沒發現，像我每隔兩小時就會檢查一次全身上下，好避免這種情況。我透過發信器就能得知你的位置，而竊聽錄音，會被傳到我的手機中保存。」

我心中一涼。

沁芷柔大概是搞不清楚情況，妙目大睜，視線在我跟幻櫻之間游移，困擾地說：「咦……咦……咦？這到底是？」

幻櫻聽了沁芷柔的問話，粲然一笑。

但那笑容，在我看來，直如惡魔。

「呼嗯……」幻櫻的笑意不斷加深，「這傢伙在欺騙妳唷，他才沒有什麼底牌呢，就是簡簡單單、平平凡凡的普通學生而已。」

她竟然偷偷錄音。

而且作弊般地揭穿了真相。

「妳好卑鄙！」我激動地抗議：「這根本是使詐！」

「謝謝，這是我聽過最好的稱讚。」幻櫻笑吟吟地道：「使詐呢，本來就是詐欺師的專利唷。」

接著，幻櫻轉向沁芷柔開始交談。

事情的真相，逐漸水落石出。

沁芷柔慢慢明白我柳天雲一直以來都在唬弄她，一張俏臉帶上了令人望而生懼的怒色。

「所以呢，情況就是這樣。」唯獨省略了強行收徒的那一段事實，幻櫻將自己說成被抓住把柄的可憐女孩，這更挑起了沁芷柔的怒火。

接著幻櫻把守住門口，讓沁芷柔去廁所隔間換上和服——化身為水雲流少女。步出隔間時，水雲流少女扳著指節，發出「喀喀」的恐怖聲響，一邊望向我，嘴角勾起，露出帶著點病態的微笑。

望著變身成最終型態的魔王，我知道大勢已去。

「吶，弟子一號。」

幻櫻在這時也開口了，臉上綻出不下於沁芷柔的甜笑。明明兩名美少女都在笑，我卻打了個寒顫，背上雞皮疙瘩全部豎起。

「之前我說過了吧，不准被我發現你違抗師父，不然就讓你嘗嘗苦頭。」

幻櫻也學起沁芷柔，「喀喀」扳著指節，向我漸漸逼近。

兩名美少女臉露微笑，一起向我慢慢走近。我感到全身發冷，不斷後退……不斷後退，最後背脊碰到了廁所尾端的牆壁上。

窮途末路。

被兩名大魔王圍攻，我的心中轉瞬閃過十多條可能的計策——

A計畫……逆轉機率，零。

B計畫……逆轉機率，零。

C計畫……逆轉機率，零。

……沒有一條可行。

已經無計可施。

如果與沁芷柔單獨較勁，我柳天雲能贏。

又或是與幻櫻拍案叫板，我也不是全無勝算。

但以一敵二，我連決定自己死法的權利……都將失去。

「……」

原來如此……嗎？這就是我柳天雲的最後結局。

我抬起頭，想要瞧一眼最後的天空長什麼模樣，卻只看到蒼白的廁所天花板。

真是可笑。

這就是我柳天雲所能看到的……最後畫面嗎？

就在我徹底絕望的這一刻，彷彿死灰復燃般，從意識的最角落，「晨曦」兩字忽然竄出。

當年一次次與晨曦的比賽，在極短的時間內，以重播的形式晃過我的眼前。

對了……我還沒找到晨曦。

見面之後，敘舊也好，為了當年的事致歉也罷……不管如何，我必須見她一面！

我不能夠……死在這裡。

我必須從這裡活著出去，為此……我可以不惜一切。

「……」

我叫做柳天雲。

柳是象徵不屈的楊柳；天雲……是義薄雲天的顛倒寫法。

我柳天雲承名之志，絕不會在這裡倒下！

置之於死地……而後生！

就算是逆轉機率零的戰局，我柳天雲也會另闢蹊徑、破而後立……從常人的不可能中，找尋出生存的可能，並乘上奇蹟之風，一口氣將艱難的局面破開，飛向唯一的正確出路。

「……」於是。

在最後的最後，我開始笑。

笑得淒厲，笑得瘋狂，笑出……超越以往每一次的個人風采。

「哈哈哈哈哈……

「啊哈哈哈哈哈哈哈哈哈哈……」

在笑聲中，我不退反進，主動向兩名美少女迎去。

幻櫻與沁芷柔發覺我主動靠近，對望一眼，腳步都是一頓。

最後我氣宇軒昂、龍行虎步地邁到她們身前，利用身高優勢，從高高在上的角度……俯視這兩名少女。

她們一起抬臉望著我，俏麗的臉蛋盡是敵意。

「事已至此，拐彎抹角的辯解、心不甘情不願的指責，那些都是多餘的。」我沉聲道，「局面雖然已經走到這一步，不過……我卻只輸了一半，妳們明白嗎？」

「？」幻櫻道：「我親愛的徒弟，你是想說，我們二對一，這是不公平的對決，於是你只輸一半嗎？」

我搖搖頭，示意她猜錯了。

「……」沁芷柔嗔道：「你這傢伙又想裝神弄鬼！本小姐不會再上當了！」

我露出神祕的笑容，將崑崙山仙人仙風道骨的精神，徹底發揮出來。

「如果我能辦到呢？」我淡淡道：「如果我能在這種情況下……以寡敵眾，還不致全盤皆輸呢？」

……

我與幻櫻、沁芷柔面對面，距離極近，她們隨便一人出手就能秒殺掉我。但這兩名美少女，一個身為詐欺師傳奇，厲害到從來沒輸過；一個統率眾多親衛隊，高傲到不肯違背設定……因此，她們身上最多的東西，就是勝者的餘裕。

她們早已習慣居於上風，然後好整以暇地收穫成果。

也就是說，被勝利女神所眷顧的這兩名少女，早已遺忘了敗者的痛楚。

然而——

幻櫻、沁芷柔。

在將我逼到廁所角落、逃無可逃的這一刻，或許妳們已經自詡為獵人，腦袋裡只想著要怎麼處理這個囂張又弱小的獵物。

但妳們漏算了一件事。

不懂得敗者痛楚的人，往往會自鳴得意，最後露出本來不應該存在的破綻。

事已至此……我柳天雲就讓妳們見識一下吧。

何謂，敗者的反擊之道！

幻櫻跟沁芷柔彼此交換一個眼神。

「妳聽聽，事情到了這個地步，他還敢自稱『有辦法不致全盤皆輸』……有趣。」

幻櫻搗嘴一笑，對沁芷柔道：「太有趣了，我果然沒收錯徒弟。」

也難怪幻櫻會覺得有趣，她最大的樂趣，很可能是觀察弟子一號如何在她手下掙扎，並暗暗期待我能青出於藍地打倒她。

我冷哼一聲，「我說啊，妳們是不是太小看我了？難道妳們真的以為……我柳天雲『不致全盤皆輸』的手段，是胡說八道！」

沁芷柔垮下臉來，彷彿非常想要吐槽我。

而幻櫻則是興奮得雙眼發光，似乎非常期待我會展現某種新奇事物。

在兩名美少女的注視下，我深深吸了一口氣。

……不是誇大虛浮的謊言。

……也非拖延時間的手段。

我柳天雲……剛剛想起晨曦、立下不能敗北的決心後，在心態上，早已進化為妳們望塵莫及的強者。

舉個實質例子來說，就是孤獨王國的公爵，迅速擴張了領土與名望，羽翼變得更加豐厚。

「……」

於是，我將孤獨者之王的氣勢散發到極致，在瞬間鼓起了與兩名少女決戰的勇氣！

並將深深吸入肺部的空氣轉化為言語，怒然發聲——！

「投降輸一半，我投降！」

我用力一拂袖。

「既然我只輸一半……就不算全盤皆輸。不算全盤皆輸……那妳們在揍我時，也只能下一半的手，懂嗎！」

「什麼？」幻櫻露出了震驚無比的表情，傳奇詐欺師的風範蕩然無存。

「哈？」沁芷柔的俏臉錯愕到近乎扭曲，水雲流少女的病氣被迅速削弱。

沒錯。

沒錯——

就言語邏輯來說，投降輸一半，所以她們當然不能用全力揍一個只輸一半的人。

沁芷柔、幻櫻，能將進化後的柳天雲逼到這一步，妳們也算了得！

在一陣長笑聲後，我慢慢閉上雙目。

兩名少女因激動而變得粗重的呼吸聲，就在我面前傳出。

「弟子一號……」幻櫻經過壓抑的聲音傳來。

「柳天雲……」這次是沁芷柔的聲音。

然後，響亮的拳頭破空之聲，一左一右地向我快速接近。

「「給我去死！」」

第四話

我與她互為情侶的主從契約

我作了一個夢。

夢裡，沁芷柔跟幻櫻正在討論情人節巧克力的製作方法。

夢境的最後，她們站在我面前，兩人拿著巧克力支支吾吾，顧左右而言他，就是不肯將巧克力遞到我的手上，最後才……

「弟子一號，給我滿懷感激地收下來！敢拒絕的話……你猜猜看後果？」

「哼，本小姐才不是特地為了你學做巧克力哦？只、只是充當輕小說劇情的練習而已。」

但基本上，夢裡的兩人還算溫柔，至少沒有對我拳打腳踢。

……如果能跟現實的她們交換就好了。

「……」

當我恢復意識時，已經是隔天的凌晨六點。早晨格外寒冷的空氣裡，帶著微微的消毒水氣味。

我觀察四周，看見半身假人、排滿消毒水跟醫藥箱的桌子，還有幾排床鋪與被單。

……保健室嗎？

我躺在保健室潔白的床鋪上，只覺得全身上下無處不痛，簡直像骨頭被人拆散了架那樣。

「哦，弟子一號，你醒了呀。」

幻櫻坐在床鋪邊緣，手裡捧著一本輕小說正在閱讀。由於她的身材嬌小，坐在床上時，雙腳一晃一晃地碰不到地面，模樣非常可愛。

「還好我只是輕輕打了幾拳，又阻止沁芷柔暴走，不然你真的要下地獄了。」

「為什麼不是上天堂？」我質疑。

「我認為天堂的守門人，大概不願意收下你這種怪人。」

聽了只能苦笑。

我無法否認幻櫻對我的怪人稱謂，不過她剛剛那句「我只是輕輕打了幾拳」，我十分有意見。

伸手摸了摸肚子上隱隱作痛的幾處，全都是被幻櫻擊打過的部位，比沁芷柔踢過的地方還要疼。

我看過很多輕小說。

裡面的師徒黨，只要是男女配對，總是甜甜蜜蜜，時不時打情罵俏，相處模式讓人會心一笑。

而我的師父，雖然也是美少女，卻只顧著在我的身體上打出會心一擊。

會心一笑，會心一擊，乍看之下只差一個字，待遇卻猶如天堂跟地獄之差。

絕望啦！

對這個美少女師父一點都不惹人憐惜的世界絕望啦！

在對世界本身產生怨言的瞬間，我想到了一件事：如果由我來動筆寫作的話，忽然出現的美少女師父跟偶像女朋友，絕對會是又軟又萌的妹子，而不是暴力詐欺師與設定系少女這樣的悲劇組合。

原來如此……原來如此啊……

我會一直挨揍，從安穩度日的獨行俠變成過街老鼠……錯的不是我，而是這個與輕小說定理不合、充滿陷阱的現實世界！

「弟子一號，你在自言自語些什麼？」幻櫻的話聲驚醒了我。

我轉頭，與幻櫻的妙目對上。

接著我的視線下移，看向她的穿著。

……幻櫻的服飾，不再遮遮掩掩、罩上神祕的黑袍了。

從她進視聽教室時，我就一直很想問這個問題，現在終於等到機會。

「妳的黑袍呢？」我問。

「不穿了。」

「為什麼不穿了？」

「因為沒有必要穿。還有注意你的態度，不許對師父連續提問。」

好吧，看來幻櫻並不想說出原因。

「哼，不過弟子一號，看來你雖然說得嘴硬，實際上卻很想交女朋友呢。」

幻櫻雙手扠腰，露出「我看穿你了」的曖昧笑容。

我很想交女朋友？

我愣了愣，側過頭想了好久，還是無法推敲出……幻櫻究竟從哪裡得出這個結論的。

於是我只好發問：「……師父，剛剛那話是什麼意思？」

「呼呣，會去留意女孩子服裝變化的男生，就是被異性魅力吸引的證明……既然會被吸引，當然就是想交女朋友囉！」

幻櫻得意地道：「弟子一號，雖然你是個怪人，不過這點上倒是跟普通人一樣。」

我可不想被妳吐槽是怪人！妳難道比我正常嗎！

還有從全身罩著黑袍的裝扮換為普通制服，只有瞎子才不會注意到吧！

但獨行俠是非常聰明的族群，為了避免吃上羚羊拳或螺旋搏擊之流的強招，我還是選擇敷衍應對。

「啊哈哈哈哈……師父說得是呢。」我乾笑：「真是太有道理了。」

「羚羊拳！」

招式喊聲過後，我倒在床上打滾。

幻櫻則吹著小小的拳頭，試圖吹去不存在的拳煙。

「不許敷衍我，說話放點感情進去！哼，看來，你離真正交到女朋友還差得遠呢，一點也不懂少女心。」

或許我真的不懂少女心，但詐欺師之所以身為詐欺師，就是因為他們想的事情，常人無法揣測，才能達到良好的詐欺效果。

所以我被揍得非常無辜。

「……」

目前看來，幻櫻在心計上確實比我強，我已經在她手上連敗了三次。

在成功誘騙出晨曦的下落之前，我似乎還有很長一段路要忍耐。孤獨者的強大，與詐欺師的騙術，迎來結局時究竟誰勝誰負，到底鹿死誰手，一切都是未定之數。

但我認為……能笑到最後的人，絕對是我。

哪怕幻櫻也不是普通的詐欺師，可是我柳天雲……身為孤獨王國的公爵，孤獨之力已經足以形成漩渦，將不知死活的小女孩給捲得暈頭轉向。

我想到這裡，正要從床上爬起身，幻櫻卻做出了奇怪的舉動。

「在哪呢……我找找。」幻櫻在身上東掏西摸，忽道：「有了！找到了。」

找什麼？我站直身。

然後看見，幻櫻將一張紙條捏在手上，示意要我接過。

紙條上，似乎寫滿了字。

「……」

這場景，似曾相識。

霎時間，我的腦海掠過上次攻略沁芷柔時的場景，上場前，我手中也捏著愚蠢至極的「攻略本紙條」。

「……」

我朝著幻櫻咧嘴一笑。

然後一口氣跳下床，拔腿跑出保健室！

「弟、子、一、號——」

我身後傳來憤怒的喊聲，那喊聲有如尖刀在背，讓我跑得更快了。

躂躂躂躂躂——

幻櫻輕快的腳步聲從我背後不斷逼近。

躂躂躂躂躂躂躂躂躂躂躂躂——

「上次不是已經試過了嗎！你跑不過我的！」幻櫻邊跑邊說話，中間竟然沒有絲毫停頓，肺活量顯然遠超過我。

這位比惡魔還像惡魔的師父說得沒錯，我跑不過她，可是……就像人觸電時會反射性地縮回手一樣，為了自身的安全，獨行俠的求生本能促使我撒腿就跑。

我在急奔中扭頭一看，幻櫻越追越近，照這種速度看來，五秒內我就會被她追上。

眼看難以逃脫魔掌，於是我索性一個急停，接著霍然轉身。

幻櫻沒料到我會停下，收不住勢，發出「咿——？」的一聲驚叫後，直接撞進了我的懷裡。

怕幻櫻跌倒，我順勢將她抱住。幻櫻的身軀嬌小而軟嫩……給人一種彷彿用力抱緊，就會將她弄傷的錯覺。

從幻櫻強勢的性格完全無法想像，抱住她時會有這樣的奇妙感受。

過了片刻後我才想明白原因。在我心目中，對幻櫻的印象順序是：恐怖的詐欺師↓惡質師父↓必須謹慎提防的人↓美少女。

美少女的印象排在第四位，可以說十分淡薄。

在接住幻櫻的這一刻，透過意外的擁抱，喚醒、加強了我對幻櫻是一名可愛少女的認知。

「你抱夠了沒有？」在我懷中的幻櫻，臉埋在我的胸口，發出氣悶的聲響。

「……」

聞言，我吃了一驚，趕緊放開她。

兩人的身軀終於分離。

在重新拉開距離的同時，我已經做好挨揍的心理準備，眼前的景象卻讓我感到困惑。

幻櫻只是偏過頭去，臉頰上帶著淡淡的紅暈，似乎沒有生氣。

我本來以為她會揍我。

用羚羊拳狠狠揍我，用螺旋搏擊狠狠揍我。

但是並沒有。

不對……

不對勁。

所謂的……事出反常必有妖。

就連我忤逆一句話，都要動手揍我的這個師父，被我占便宜抱了一下，怎麼可能輕易罷休！

「我有一事發問。」於是我道。

「唔……你說。」幻櫻仍維持著側過頭的姿勢，斜斜抬起視線，用一種罕見的禮貌語氣回話。

她的語氣，讓我更加心驚。

「妳是誰？」

「……什麼？」

「按照遊戲或輕小說內的理論，有夥伴突然做出了大違常理的舉動，通常就是敵人易容假扮的。」

幻櫻臉上的紅暈慢慢消退，一眨不眨地望著我，我也回望著她。

「螺旋搏擊！」

我再次挨揍，倒在地上抽搐。

幻櫻蹲下身軀，手肘擱在膝蓋上，以雙掌捧著臉道：「怎麼樣，這拳力可以證明我的身分嗎？」

我翻了個白眼。

「該回歸正題了，弟子一號。」幻櫻道：「為了得到晶星人的願望，C高中必須成為六校第一。但首先……你至少要能稱霸C高中，否則遇上怪物君這種強敵，如果你不恢復兩年前的水準……根本毫無勝算。」

我回道：「我知道。」

「不，你不知道。」幻櫻彈了彈我的臉頰，「不然你就不會逃跑。其實我剛剛正打算拿攻略本給你的，攻略美少女增加戀愛經驗，你才能寫出更好的輕小說來。」

我就是知道妳要拿攻略本給我，所以才逃跑啊！

但我跑不過幻櫻。

晨曦的消息又掌握在她手上。

……所以我索性以手蓋臉，遮住了自己的視線，學鴕鳥將頭藏進沙子裡般，想暫時逃避事實。

「看你的樣子，好像很不情願，就像人家的攻略本……會害了你似的。」幻櫻瞇眼道。

……很不情願？

豈只很不情願！我在攻略本的彼端看到了滿滿的煉獄景象啊！妳竟然可以用這麼無關痛癢的說法帶過這件事！

「放心吧，照著攻略本的步驟走準沒錯。」幻櫻的語氣充滿了自信：「畢竟我可是幻櫻啊。」

「……」

銀髮少女話語裡的強烈自信，與鼎鼎大名的「幻櫻」兩字，漸漸動搖了我的意念。

畢竟她到現在為止，在一條條近乎神話的傳聞裡，從來沒有敗北過。

就連我柳天雲，在與她的交鋒中……也次次處於下風。

可以相信她嗎？

我這樣思忖著，同時將遮蓋在臉上的手掌移開。

她見狀一笑，俏麗的臉上更增容光。

「算你識相，弟子一號。」

幻櫻將寫滿攻略的紙條移到我的上方，讓我能以躺著的姿勢細看。

「好好見識一下吧，何謂天才詐欺師的策略！」

紙上第一行，以黑字寫著偌大的標題。

《真・必殺攻略計畫！》　　美少女幻櫻　著。

這是什麼中二病書名啊！而且作者名前面還加了「美少女」當作前綴！

我忍住當場吐槽的衝動，繼續看了下去。

攻略目標：一年級的學園美少女，風鈴。

根據調查，風鈴在晶星人事件後，足不出戶，從來沒有離開過教師宿舍，非但不去上輕小說課，連三餐都是別人代勞送去。

在風鈴周遭，隨時都有五十名以上的女性護衛隊守護。

對於風鈴不去上課的原因，護衛隊放出的解釋是：「由於目前的課程可能會將輕小說高手聚在一起培訓，風鈴大人……不屑跟沁芷柔大人同室學習，所以選擇獨自練習輕小說。」

在簡單介紹現狀後，幻櫻緊接著記載了攻略方法。

弟子一號在突破護衛隊的重重包圍後，直闖核心，與目標人物風鈴見面。

最後，當面直接告白：「請當我的女朋友吧。」

大功告成，攻略成功。

以上，完美計畫。

可喜可賀、可喜可賀。

在攻略本的尾端，貼了一張風鈴正在換衣服的偷拍照片，與我之前曾見過的是同一張。

護衛隊超過五十人？

突破重重包圍，當面直接告白？

大功告成？完美計畫？

「……」我呆若木雞，陷在攻略本的內容中，久久無法回過神來。

在確認我看完攻略本後，幻櫻移開了紙張。

她的俏臉似笑非笑，像是在等待著我的回應。

幻櫻蹲著，我躺著。我與幻櫻的距離極近，近到……我能從她漂亮的天藍色眸子中，瞧見自己的倒影。

……我看見自己的瞳孔凝縮成兩個小點。

看見自己狼狽的神情，我驚覺到自身的失態，意識逐漸收攏，然後恢復了初步的思考能力。

開什麼玩笑。

開、什、麼、玩、笑——

我與幻櫻對視，擠出一個生硬的笑容。

「師父，您一定是在開玩笑吧。這怎麼會是真正的攻略本呢？肯定是刻意寫來愚人的東西而已，我已經體會到您的幽默感了，快接著拿出真正的方案吧！」

聽到我這麼說，幻櫻笑得更燦爛了。

「童叟無欺、貨真價實，這就是讓你用來攻略風鈴的……攻、略、本、唷！」她刻意停頓、無比快樂地念出最後幾個字。

榨取我的恐慌做為糧食。

吸收我的失態成長茁壯。

身為喜歡捉弄他人的抖S，但同時又暗暗期待別人能夠擊敗自己，藉此從高強度的詐欺與反詐欺中獲得無上快感——這就是我的師父，幻櫻。

在重新體會、鞏固對幻櫻的理解的同時，我更加確信了一件事。

……這位銀髮美少女，絕對有病。

有病到了極致！

「……」

我手撐地板，緩緩站了起來。

幻櫻也隨著我的動作，直立起身。

接著，我背對著幻櫻，將手負在腰後，徐徐步出了一小段距離。

然後，我開始笑。

被逼到極限的我，開始仰天大笑。

「哼哼哼哼……」

「哈哈哈哈哈……」

「哈哈哈哈哈哈哈哈哈哈！」

我依舊維持著手負在背後的姿勢，半回過頭，一派高人風範。

接著我道：「幻櫻，妳是不是搞錯了什麼？要知道，妳的舉止……簡直是欺人太甚。難道妳認為，我柳天雲堂堂七尺男兒，沒有妳的協助，就找不到晨曦！」

對於我不稱師父，直呼其名，幻櫻也不生氣，只是嘻嘻一笑。

從我的角度看不見她的表情，但從笑聲中可以想像出，她一定露出了充滿戲謔的笑容吧。

「弟子一號，你說對了。」幻櫻笑道：「我百分之百確信，若是不透過我，你一輩子也不可能知道……晨曦究竟是誰。」

她雖然在笑，語氣卻非常肯定。

肯定到，就算明知她是詐欺師，最擅長的就是撒謊，我依舊感到心中一跳。

……會是實話嗎？

不透過幻櫻……真的就無法得知晨曦是誰嗎？

她們兩人之間……究竟存在什麼樣的關聯！

心中一邊釐清著情況，我努力讓表情不露出半點破綻，負著手轉過身，與幻櫻面對面，正式交鋒。

「如果我透過妳，依舊找不到晨曦，到時又如何？」我冷冷道。

「我保證，不會。」幻櫻像是要將字句鑲進我的記憶深處般，一字字、緩慢而鄭重地說：「我以幻櫻之名起誓——只要你能一路贏到最後，在六校中稱王，為我取得晶星人女皇的願望……到時，你絕對能見到晨曦。」

我們互相對視，都沉默了起來。

然後透過眼神、表情，乃至每一次呼吸，展開對彼此的無聲試探。

她定定地注視著我，如天空般清澈的雙目，蘊含著自信無比的神采。

我幾乎無法直視她的眼眸。

相比我柳天雲的狂，幻櫻所展露出的……則是真。

真摯，真誠，真意。

這三個詞放在詐欺師身上或許可笑，但我確切地感受到了，幻櫻確確實實不是在玩弄話術，她是真心地道出剛才那一段話。

詐欺師之王幻櫻的保證……嗎？

要打從心裡相信一個詐欺師，一路戰到最後——而且對方還是詐欺師之王，光是想到這裡……我就忍不住要發笑。

沒有比這更冒險的抉擇。

沒有比這更大膽的決定。

但……這似乎，也很有趣。

「哈哈哈哈哈哈啊哈哈哈哈哈……」

我哈哈大笑，這次是真心誠意的笑，而非被逼到極處的裝腔作勢。

過了一會，我整理好思緒，再次開口。

「詐欺師的保證似乎不太值錢。」

聽到我這麼說，幻櫻臉色微變。

我緊接著道：「但……妳不是普通的詐欺師。」

「而我柳天雲，也不是普通的輕小說家。」

幻櫻淡淡道：「所以？」

「所以……我不會輕易任妳擺布。」

我重新將雙手負到背後，擺出高人風範，一邊說話，一邊慢慢踱步靠近幻櫻。

「幻櫻，妳是個怪人。」

「……輪不到你說我。」幻櫻不悅地蹙起眉頭：「別人這樣認為也就算了……可是弟子一號，被你這種喜歡按著臉哈哈大笑的怪人這樣說，讓我感到非常不爽。」

「其實我被妳或沁芷柔稱為怪人時，也有同感。」

我在幻櫻面前停下腳步，仔細觀察幻櫻，並微微一笑。

幻櫻似乎不太喜歡我的目光，仰頭回望著我，瞇起雙眼。

我繼續說了下去。

「妳知道嗎？因為無法獲得任何人的幫助，所以獨行俠會逐漸進化成能自主生存的型態。不需要任何人伸出援手……不會被多餘的想法拖累……不侷限於無趣的友情潛規則中。」

我強調性地道出結論：「綜合以上，可以得知……獨行俠是最強的。能夠跟『沒有實妹，又控二次元妹妹的妹控』並稱天下無敵。」

「……然後？」幻櫻問。

「然後……我是孤獨者之王。」我道：「相比妳的詐欺師之王，相信這名號也毫不遜色。」

幻櫻聞言一愣，那並不是呆住的停頓，反倒像是對我剛剛的話語感到無法置信。那是覺得「這傢伙是認真的嗎」的標準神情。

她將右掌貼在臉頰上開始思考，然後終於道：「呃……其實我覺得『孤獨者之王』什麼的……簡直遜爆了。」

幻櫻停了一下，銳利地說：「不就是交不到朋友而已嗎？」

我的心臟部位一陣刺痛，勉強忍住了回話解釋的衝動。我總覺得一旦開口，最後就會變成長篇大論的辯駁。

反正我原本就只是打算……漲漲自己在幻櫻心中的身價，藉此讓她收斂一些。希望目的有達到。

「哼，一大早就提出無聊的話題吶，弟子一號。這一次就勉強原諒你，不過下次再忤逆我，我就揍你。總之，記住了，我給的攻略本，你必須去執行。」

我沒有再回絕關於攻略本的事。我相信了晨曦只能透過幻櫻尋到的事實。

幻櫻說到這頓了一頓，前跨一步，牽起了我的手，往教學大樓的方向拽拉。

「走了，上課啦！」

在略帶寒意的早晨中，她柔軟的小手顯得格外炙熱，溫度透過兩人相接的手掌傳來。

被嬌小的師父拖行著，這時早已是上課時間，空曠的校園道路上，只見我們兩人牽手而行的身影。

望著幻櫻的背影，我的嘴角慢慢扯起了笑意。

幻櫻，有一句話叫做「智者千慮，必有一失」。

哪怕妳再怎麼厲害，也不可能封死我柳天雲的所有生路。

即使晨曦的情報只能從妳身上獲得，我也並不一定……要完全照妳的話去做。

有了被騙去攻略沁芷柔的經驗後，我已經變強了太多太多，現在的我……不會再輕易上妳的當。當我套出晨曦的情報後，我們無謂的師徒關係，就會立刻解除，從此老死不相往來。

幻櫻，就算妳的名號再怎麼響亮，在傳聞中被如何稱神，本質上終究也是個人類。

——只要是人，就能打倒，就能擊敗。

我柳天雲……就讓妳見識一下吧。

何謂……孤獨者之王的強大！

第五話

教師宿舍的寵物女孩

「師父呀！」

幻櫻沉默。

「我說師父呀！」

我的聲音已經帶著點哭腔。

幻櫻依舊沉默。

「您看看是不是換個計畫，這根本行不通呀！」

「十分鐘前，我記得還有個傢伙……在我面前自稱『孤獨者之王』，說得神氣活現、威風八面，嗯……那是誰呢？」

幻櫻裝作思考的模樣。

此刻，在我的面前，矗立著一棟象牙白的五層樓建築。

教師宿舍。

原來幻櫻剛剛牽起我的手，只是假裝往教學大樓的方向走。她的真正目的，是要把我騙到風鈴的大本營，教師宿舍。

由於我很少跟女孩子牽手，幻櫻在過程中又故意說一些話撩撥我，在我清醒過來時，我們已經站在教師宿舍前，然後她笑著將攻略本硬塞到我的手上，示意我可以開始攻略了。

萬萬沒想到，我孤獨者之王的名號才剛建立起，立刻就被幻櫻展開奇襲，打了個措手不及。

我大概是世界上駕崩速度最快的王，真的是欲哭無淚。

我早該發覺的，幻櫻這個超級蹺課慣犯，忽然主動牽起我的手表態要去上課，這動作本身就非常值得懷疑。

如果是平常的我，早在半路上就已經察覺不對，但幻櫻——竟然連我的純情都利用，一口氣將我拖入了即死的劇情選項中！

好妳個師父……好妳個幻櫻！

為了獲得晨曦的情報，在幻櫻的監視下，我被迫展開了怎麼看都是隨便亂寫的攻略本，耐著性子再讀了一次。

攻略目標：一年級的學園美少女，風鈴。

根據調查，風鈴在晶星人事件後，足不出戶，從來沒有離開過教師宿舍，非但不去上輕小說課，連三餐都是別人代勞送去。

在風鈴周遭，隨時都有五十名以上的女性護衛隊守護。

對於風鈴不去上課的原因，護衛隊放出的解釋是：「由於目前的課程可能會將輕小說高手聚在一起培訓，風鈴大人……不屑跟沁芷柔大人同室學習，所以選擇獨自練習輕小說。」

弟子一號在突破護衛隊的重重包圍後，直闖核心，與目標人物風鈴見面。最後，當面直接告白：「請當我的女朋友吧。」

大功告成，攻略成功。

以上，完美計畫。

可喜可賀、可喜可賀。

幻櫻難道厭倦了弟子一號嗎？我忍不住要這樣懷疑。

因為，這怎麼看都是十死無生的計畫！

沁芷柔已經夠高傲了，而風鈴……出於競爭心態，甚至不屑於與沁芷柔一起學習，加上待人處事的方式難以捉摸，難纏程度還要在沁芷柔之上。不然，我當初也不會在兩人之中，優先挑選沁芷柔來攻略。

要知道，在晶星人降臨前，每天都有超過三十人對風鈴告白，而那些人全都以悽慘失敗告終。

我與風鈴素昧平生，在這之前毫無交集……風鈴大概連我是誰都不知道。憑這種熟稔程度，這樣平凡的我本人，僅靠一句「請當我的女朋友吧」就想攻略校園級美少女？

豈有此理。

真的是豈有此理！

給我向之前所有煞費苦心對風鈴告白的男生道歉！這是對他們的嚴重侮辱！

——而寫出這樣子攻略本的幻櫻本人，正滿臉興奮地推著我的背脊，示意我快點行動。

她覺得很有趣。

有趣至極。

而我的感受與她完全相反，只能苦著臉，仔細觀察眼前的情況。

教師宿舍被高大的水泥圍牆給四面圍護，從唯一的入口處望進去，隱約可見宿舍前方是一片寬廣的草皮，有不少女學生坐在草皮上吃著早餐，又或者圍在一起聊天。

……看來是風鈴的親衛隊。

我必須突破至少五十名的親衛隊，在五層樓大小的範圍內尋到風鈴，站在她的面前攻略她。

這到底要怎麼辦到？

攻略本上沒寫做法，但從攻略沁芷柔的前例來看，幻櫻只看結果……簡單形容就是「如何辦到是你家的事，反正要照著攻略本上的步驟執行」，如此蠻橫霸道的方法，這世上大概也只有幻櫻說得出口。

我看了看攻略本，又看了看漸漸暖和大地的朝陽，沉思片刻。

「師父，其實……我覺得不應該挑早上執行計畫。等到夜深人靜時，親衛隊疏於防備，再進行攻略，我認為是比較好的做法。」

幻櫻搖了搖頭道：「弟子一號，風鈴跟沁芷柔的勢力大致上相等，但風鈴由於某種原因，比沁芷柔更重視自身的安全……等到夜晚，去上課的親衛隊們回來了，你得突破的人數大概就不是幾十人，而是上百人。」

我一想有理，但隨即又冒出疑問，「……說起來，為什麼非得攻略風鈴不可呀？我不是已經攻下沁芷柔了嗎！難道像沁芷柔這種等級的美少女，還不夠用來提升我的寫作經驗？」

聽見我的問題，幻櫻雙手抱胸，輕視地發出「嗤」的一聲。

「弟子一號，你的發問完全沒有價值可言。按照美少女遊戲的慣例，要達成後宮結局，通常有『好感度必須均等地刷高』這個前置條件。」

幻櫻說得理所當然，好像事情本來就該如此發展，語氣跟敘述「太陽從東邊昇起」一樣自然。

「所以囉，刷完沁芷柔的好感度後，就該輪到風鈴了。」

……美少女遊戲？

別擅自把別人的人生當作遊戲來玩！現實中沒有存檔點的啊！

這時候，幻櫻對於我的拖拖拉拉，表達出了強烈的不耐煩。

「你真囉嗦，問題又多，難怪之前交不到女朋友！真的是註定三十歲後成為魔法師的男人！」幻櫻叨念時，還不忘損我。

「快去，照著攻略本執行！」

我本來還要說話，但在幻櫻往我腹部打了一記羚羊拳後，我只得拖著腳步往教師宿舍的入口走去。

教師宿舍四面受圍牆保護，唯一的入口就是正面的大門處，我筆直地朝著大門走去，越走越近。

隨著與幻櫻之間的距離不斷拉遠……我的臉部依舊面無表情，心裡卻已經開始放聲大笑。

哼哼哼……

哈哈哈哈哈哈……

哈哈哈哈哈哈哈哈哈哈……

幻櫻，妳確實厲害，但千算萬算……卻漏算了一點。

那就是我柳天雲，足夠強大。

強大到……能夠破解妳的苦心策劃。

上次攻略沁芷柔，我全程都處於妳的監視下，所以不得不賣力地執行攻略，一步步將自身逼上死路。

——但這次，情況完全不同！

這一棟教師宿舍四周圍牆高聳，門口又有大批護衛隊看守，防禦固若金湯，外人幾乎無法越雷池一步，加以「不落之壁」的美譽也不為過。

我已經偷偷檢查過全身，確認了身上沒有發信器又或者竊聽器之類的東西。

幻櫻失去了高科技物品的支援，想在不被其他人發現的前提下，在這種困難的地形裡監視我，可以說是難比登天。

換句話說，只要想辦法混入教師宿舍後，我想怎麼行動、到底有沒有照攻略本上的步驟去執行，幻櫻完全無法得知。

我隨便找個晒衣間、廁所，甚至是倉庫躲個一天，然後再對名義上的師父宣告攻略失敗——自稱我柳天雲已經照著攻略本執行一切，順水推舟，將失敗全盤歸咎於計畫不好，把一切責任都推到幻櫻身上，如此一來……毫無疑問，將迎向我勝利的結局。

幻櫻將因為弟子一號的接連失利，對我大大失望，最後漸漸疏遠我。

那時候，我對於幻櫻來說，就是毫無意義的路人……在轉換立場、等她放鬆警惕後，以我柳天雲的強大，要套出晨曦的下落並不難。

總而言之……也就是騙，在天下無雙的詐欺師面前，展開一場大膽的騙局。

——所謂的騙局，如果不被揭穿，掩飾得天衣無縫，讓眾人一致相信某件事為真，占了名分上的大義，就算本來是虛假之物，也將成為「事實」。

以虛假的事實做為底牌，我將擊敗幻櫻……迎來勝利！

哪怕是由謊言與詐術堆砌而成的勝利，只要能夠讓對手心悅誠服，邁向自己理想中的結局，過程如何……也將不再重要。

因為歷史永遠是由勝利者所編寫。而敗者的悔恨，分量輕到會讓人轉眼淡忘。

此乃……以奇馭正！

可以說，除了「寫作」與「找到晨曦」這兩件事是我的原則、萬萬不可偏移之外，我在其他方面，隨時保持著獨行俠的靈敏思想。

對於獨行俠來說，除了影響己身根本的原則之外，全都可以選擇性放棄，跟壁虎斷尾求生同樣道理。

我當初可以為了不身敗名裂向幻櫻求饒……但若是幻櫻對我說，找到晨曦，必須以身敗名裂做為代價，我將毫不猶豫地答應。

我快速地將計畫默默複習一遍，緊接著，象徵勝利的絢爛花火在心中燃放而起，我已經提前預見了美好的未來。

哼哼哼哼……

哈哈哈哈哈哈哈哈哈哈──

幻櫻，是我贏了！

「……」

與沁芷柔的親衛隊一樣，風鈴的親衛隊同樣也只是普通高中女生，幾乎每個都個頭矮小、努力維持淑女形象，與剛強這兩字完全扯不上邊。

她們之所以群聚、依附風鈴，在我看來正是個體不夠強大的證明。

之前我與沁芷柔親衛隊交手時，站在路中間哈哈大笑，她們受到驚嚇，就散開了一條讓我能通往沁芷柔的康莊大道。

由此可見，這些親衛隊……就算聚在一起了，也只是烏合之眾。

一群弱小的個體，所聚起來的烏合之眾，我柳天雲……何懼之有！

終於，我走到了門口處，身體躲在圍牆後方，探頭偷偷往裡面看了一眼。

「妳說真的？有三年級的學長喜歡妳？」

「當然是真的呀！」

「哈哈，別逗我了——」

親衛隊們零散地坐在草皮上晒太陽，同時有一搭沒一搭地與朋友閒聊。

真是鬆懈至極。

或許正是因為她們跟隨著風鈴這個大魔王，且聚在一起玩朋友遊戲，才會如此孱弱。就像Boss身旁附帶的小怪，永遠只有背景等級的戲分。

趁著這些女孩子聊天分心，我閃身跨入大門，完美地藏身於一棵樹後。

接著，我足足花了十五分鐘的時間，從一個掩蔽物移動到下一個掩蔽物，最後趁她們被一朵形狀像小鹿的雲吸引注意力的同時，我無聲無息地打開了教師宿舍的鐵門，悄悄潛了進去。

順利進入目標建築物。我身處一條長長的走廊，走廊前方的轉角處有著通往二樓的樓梯。

那麼……接下來，我只要找個地方藏一天，然後裝作煞費苦心的樣子走出去，向幻櫻宣告她的計畫行不通，完全是她的攻略本太過差勁（這也是事實），這樣就行了。

「嘿嘿。」事情進展順利無比，讓我不禁有點得意，自言自語道：「看來我柳天雲……在逃脫困境方面，有著堪稱天才的潛質呢。」

就在這時，一道清脆的聲音忽然自前方響起。

「你說什麼的潛質？」

「堪稱天才的潛質。」我順口回話。

剛剛是下意識的回話，但在我話聲落下的這一刻——我感覺到刺人的寒意瞬間衝上全身。

是誰？

是誰對我發問？

我還來不及將想法轉為言語，通往二樓的樓梯處，便響起了逐級往下的腳步聲。

而且腳步聲一輕一重，我一聽之下心跳更是漏了幾拍，來人竟然有兩個——

「我從來沒有見過這麼天真的入侵者。妹妹，妳認為呢？」第一個聲音問道。

第二個聲音回了她的話：「確實如此。他才剛進門，連風鈴大人的面都還沒見到，就在那裡自鳴得意，是目前所有入侵者中最傻的……是也。」

聽見她們的對話，我艱難地嚥了口唾液，知道事跡敗露，正想奪門而逃時——

我剛剛潛進來的鐵門，被毫不客氣地用力拉開。

耀眼的陽光自門口處射入，光線的反差讓我一時睜不開眼。在被亮光模糊的視線中，我隱隱約約看見了……鐵門外至少站著十五名以上的女學生，她們全都對我擺出敵視的表情。

腹背受敵，退路全失。

就算我能夠長出翅膀、自由翱翔，此時也無法從這個水泥牢籠中脫出。

在這一瞬間，強烈的懊悔忽然湧上心頭。

懊悔中，我忽然想通了一件事：沁芷柔是因為擁有常人難以企及的強大武力，所以即使親衛隊結構鬆散，也安全無虞。

而風鈴則不然，以一般高中女生的嬌弱程度，加上她身為校園偶像，對於人身安危自然更加看重，必須轉而尋求他人保護。

——也就是說，風鈴親衛隊的精銳程度，當然會遠超過沁芷柔親衛隊！

……太大意了。

人生就是在錯誤中學習成長，但有時候……一旦錯了，跌落失敗的深淵，被別人貼上異樣的標籤後，就再也難以爬起。

晶星人降臨後的第四天，才一大清早，我就陷入了必死之局。

我的思緒飛速流轉，而時間仍無情地消逝。隨著腳步聲響，面前的樓梯轉角處，兩名穿著白色劍道服、手中握著竹劍的藍髮少女，以不緊不慢的步伐走了下來。

她們留著及肩的藍色短髮，外表稚嫩，身材相當矮小，最多不會超過一百四十五公分。最稀奇的是，兩人彷彿是用同一個模子製造出來般，清秀的容貌找不出任何分別，一望便可知道是雙胞胎。

兩名少女此時單手持劍，抬臂將竹劍平舉而起，準確地將劍尖指向我的身體。

「風鈴大人旗下親衛隊·夜藍——參上。」

「風鈴大人旗下親衛隊·朝露……是也。」

她們氣勢十足地自報門號。

我注視這對竹劍少女一會兒，終於發現她們外表唯一的相異之處。

她們的慣用手不同。

夜藍是用右手持劍，而朝露則用左手持劍，兩人並肩而立，兩把竹劍平行地在半空中探出——我明明不懂武術，但被她們用竹劍對準時，卻切切實實地感受到這兩名少女身上散出的強悍氣場。

與沁芷柔之前換上和服，變身為「水雲流少女」時給人的感覺很像，那是經年累月鍛鍊自身，追尋武之極致的人，所自然而然培養出的氣勢。

夜藍這時朝空氣中虛劈一劍，產生「呼」的破空之聲，我甚至能遙遙感受到竹劍帶起的勁風。

「在你開門踏入這裡的瞬間，身處二樓的我們，就已經聽出入侵者的聲響。我算算……你是第五十六個潛進教師宿舍，妄想打擾風鈴大人的大膽狂徒。」

「姊姊大人說得沒錯……是也。」朝露附和：「之前的五十五個入侵者，全都被打暈教訓之後扔了出去……是也。」

夜藍瞧了瞧我，「在你被痛扁扔出去之前，你有什麼話要說嗎？」

彷彿是給予死刑犯的最後自白時間，她的語氣帶著些微憐憫。

她在憐憫……我柳天雲。

明明被逼到了絕路，我卻忍不住想笑。

想笑得不得了。

「哈哈哈哈哈……」我以手按臉，哈哈大笑。

「哈哈哈哈哈哈哈哈哈哈……」

笑了好一陣子後，我的笑聲慢慢止歇。

所謂的獨行俠，可以敗北，但不需要敵人的憐憫；若是乞求憐憫，只會讓獨行俠最後的尊嚴掃地，連自己都無法面對自己。

「我說啊，藍藍路。」束手無策的我，搖了搖頭，「妳們動手吧。」

「藍……藍藍路？」夜藍一呆，側頭想了想之後，似乎是明白了，隨即大怒：「混球入侵者！我們是夜藍跟朝露，別擅自把藍跟露拼成奇怪的辭彙啊！」

而朝露則雙眼露出奇異光芒，上下打量著我，彷彿想從我身上看出什麼道理來。

「……」我並不打算回話。

我的目的本來就是激怒對方，讓這對姊妹給我一個痛快，也讓我在被扔出去之後能給幻櫻一個交代。

而我的手段，顯然很成功。

夜藍滿臉不悅，雙手擺出上段劍的架式，以快到我肉眼無法清楚捕捉的速度，舉步朝我衝來。

不到半秒的時間，夜藍越過十多公尺的空間距離，衝移至我的眼前，蓄力之後一頓。

「風動閃！」彷彿模仿動漫中的出招定律，她在攻擊的同時，也高喊出招式名稱。

竹劍下擊。

……我閉上雙目，等待劇痛來臨。

喀！

一聲怪響從我面前傳出。

然而，我並沒有感覺到被竹劍迎頭劈中的劇痛。

「？」

喀喀喀喀喀喀喀喀喀喀！

怪響綿延不斷，而我一直安然無恙。

我一頭霧水地睜開雙眼。接著，我看見朝露擋在我的身前，面對著姊姊夜藍，阻攔了她的進攻——這對雙胞胎姊妹，正以常人無法想像的高速過招，兩把急速揮舞中的竹劍連成了綿密劍光，任何一記招式都帶著足以打暈我的可怕勁道。

「朝露，妳為什麼阻止我？」夜藍又急又氣，「這傢伙是入侵者呀！快走開，現在可不是練劍的時候！」

夜藍一邊說話，手中攻勢依舊不緩，每一記劍招都試圖繞過妹妹遞往我身上，只是都被朝露眼明手快地擋下。

「姊姊……這個人不能揍……是也。」

「為什麼不能揍！」夜藍大叫。

「他剛剛發出了有病般的大笑……是也。」

「那又怎麼樣！」

「姊姊忘了嗎？有病大笑，是柳天雲大人的標誌……是也。」

快速過招拆招的雙劍，在這一瞬間，忽然停了。

接著，夜藍手中的竹劍落地，在地板上碰撞彈起，慢慢滾遠。

不安。

惶恐。

困惑。

疑懼。

夜藍甚至沒看自己落地的竹劍一眼，表情在瞬息間變得複雜無比，但濃厚的後悔意味，依舊清楚地傳達出來。

朝露一拍自己姊姊的手背，使了個眼色。

「你、你、你……不，您就是柳天雲大人嗎！」夜藍低下頭，結結巴巴地說：「剛剛不知道是您大駕光臨，我才大膽阻攔，請大人原諒！」

「請柳天雲大人原諒姊姊……是也！」朝露也朝我深深一鞠躬。

她們姊妹都稱我為「柳天雲大人」，態度卑微得就像我的屬下，這是怎麼回事？是欲擒故縱的陷阱嗎？還是逢場作戲的耍弄？

面對無法理解的事態，我思考著應對方式，她們姊妹見我不語，神情更加慌張。

「柳天雲大人蒞臨此地，是來找風鈴大人的嗎？」夜藍擠出討好的笑臉，「我領您上去見風鈴大人好嗎？」

「大人，冰箱裡有我珍藏的巧克力蛋糕，只剩兩個……是也。」朝露也道：「如果您想吃的話，我可以分一個給您。」

「朝露！妳竟然……那可是妳最喜歡、每天打開冰箱流口水直望，卻一直捨不得吃的巧克力蛋糕啊！」夜藍一驚。

「為了柳天雲大人……這點犧牲不算什麼……是也。」

朝露雖然如此說著，眉宇間卻露出了淡淡的憂愁。

我望著她們姊妹，腦袋運轉到快要燒壞，卻還是得不出答案來。

怎麼回事？眼前的景象……究竟是怎麼回事！

就算再怎麼活在自己的世界裡，這種情況下，我也不會認為這兩名可愛的藍髮少女，是折服於我的氣質魅力，才改變了將入侵者打一頓扔出宿舍的主意，並努力博取我的歡心。

與沁芷柔的親衛隊不同。沁芷柔是一隻大魔王領著無數雜兵，必要時能夠將勇者領到荒僻之處，靠著一己之力，單獨予以擊破。

而風鈴親衛隊的結構，則是一隻大魔王旁邊跟著兩隻小魔王，再後面才是數量驚人的雜兵海。

也能將情況認知為……要破風鈴這關的難度，還要遠在沁芷柔之上。

畢竟當初我輕易地突破到沁芷柔面前，與她進行一對一面談；可是風鈴這裡，兩隻小魔王布下的迷陣，就足以困住我的腳步，使我躊躇不前。

當然，這並不是說兩隻魔王彼此間有質量差距，而是風鈴擁有的部下更加強悍。

「……」

在剖析魔王部隊構成之時，夜藍、朝露兩姊妹依舊在對我大獻殷勤。

等一等……

魔王？

這樣啊……是這樣啊！

在謎團的彼端——唯一可能的解釋，以驚人的態勢撞進了我的腦海。

——彷彿在伸手不見五指的迷霧中，一陣神風忽然吹來，讓我看見了通往康莊大道之路。

——恍若在千遍萬遍的劍技苦修後，突然聽見萬物之聲，從而斬開了堅硬無比的鋼鐵。

我柳天雲的強大，在與沁芷柔多次當眾對峙過後，想必已經散播開來。

而沁芷柔是魔王，我跟她鬥得不相上下，亦即是說，我在別人眼裡，也是魔王等級的強者！

如此一來，就完全解釋得通了。

區區兩個小魔王等級的少女，即使長得再可愛，終究跳脫不出小魔王的框架。

而小魔王……對我這個魔王等級的高手（哪怕是敵對勢力），表達出充分的敬意，也是十分正常的事。

除非她們停止依附別人，成為類似獨行俠的存在，那一天到來時，才有可能成長為真正厲害的人物。

驚弓之鳥。

杯弓蛇影。

太多的成語足以用來形容我剛才的情形，我被沁芷柔跟幻櫻揍得太慘，一時走不出失敗的陰影中，竟然忘了……自己身為獨行俠中的佼佼者，已是足以傲視眾人的孤獨之王。

在徹底明白了情況後，我對夜藍與朝露露出灑脫的笑容。

「既然如此，那就勞煩妳們帶路。」

身為魔王等級的我，可不能在小魔王跟前失了面子。

兵對兵，王對王。

「帶我……去見風鈴！」

計畫永遠趕不上變化。

對於幻櫻的攻略計畫，我本來打算敷衍以對，沒想到最後卻走到了這個局面，變成要直接面對風鈴這個大魔王。

但……沒關係。

與風鈴的決戰場地，處於把守嚴密的教師宿舍裡面，幻櫻無法進行干擾。

哪怕風鈴與沁芷柔一樣難纏，只要她達不到幻櫻那種境界，我就有把握戰勝。

畢竟我們都是輕小說家。

輕小說家的等級分類，往往是越怪越強，而又怪又有病的人更容易勝出。

「風鈴住幾樓？」跟隨夜藍、朝露姊妹的腳步，我沿著樓梯慢慢往上爬。

「三樓。」夜藍恭敬地說：「住底層容易遭遇敵人，頂樓又怕碰到從高處而來的入侵者，所以處於中間的三樓，對風鈴大人來說是最安全的。」

「哦。」我點點頭，還真是防範周到。

伴著零零散散的腳步聲響，我們抵達了三樓。

走上三樓後右轉，再直走到底，我看見了一間門板上掛著「風鈴」字樣的門牌。門牌以手工繪上許多兔子跟幼貓，邊邊角角處畫著花邊，充滿粉色系氣息。

站在風鈴的房門口，夜藍朝我一點頭，接著面向門板。

「風鈴大人，我是夜藍。」她敲了敲門，「柳天雲大人來訪，他人就在我身旁。」

「咦……」過了片刻，門內傳出嬌嫩的少女嗓音，「夜藍……妳說誰來訪？」

那語調有些迷濛，給人一種剛睡醒、口齒不靈的感覺。

「柳天雲大人來訪。」夜藍再次道。

「柳天雲……柳天雲……柳天雲？」門內的少女迷迷糊糊地重複我的名字。

接著……

她像是猛然間被針扎到、瞬息清醒過來那樣，驚叫出聲。

「妳是說柳天雲大人!?」

霍然拔高的聲量，讓我嚇了一跳。

「沒錯……是也。」朝露回：「柳天雲大人就站在門外。」

……我忽然發覺，竟然連風鈴都叫我「柳天雲大人」。

看來是個禮數周到的魔王。

「等等，人家還沒做過晨浴……不對！我要穿什麼衣服去見柳天雲大人！這件衣服夠漂亮嗎？還是這一件？」

門內傳來翻箱倒櫃的聲音，以及風鈴在房間裡倉促跑動的腳步聲。

「等等，我不能讓柳天雲大人等太久……可是……可是……」風鈴的聲音很慌亂，「夜藍、朝露，快進來幫我一下！切記不可以讓柳天雲大人看到房間裡面！」

藍藍路二人組應聲而入，從半開的門縫進入後，又迅速地帶上房門，導致我什麼也沒看見。

情況忽然變成我一個人在房門外傻站，而三名少女在裡面忙碌不已。

「風鈴大人，我覺得這件洋裝不錯。」夜藍的聲音。

「姊姊，這件太保守了，柳天雲大人難得上門，要展現出風鈴大人的身材優勢……是也。」

「是嗎？那這套怎麼樣？」夜藍又道。

「不、不行！那不是比基尼泳衣嗎！」這次輪到風鈴氣急敗壞地說：「第一次見面就穿泳衣，會被柳天雲大人誤會人家是不檢點的女孩子！」

「也就是說……第二次見面就能穿了……是也？」

「第二次應該能考慮……現在重點不是這個！快幫幫人家啦！」風鈴的聲音已經帶上哭腔：「怎麼辦怎麼辦怎麼辦？」

相較於門內一片兵荒馬亂，我卻十分冷靜。

哼。

好一個……風鈴。

好一個……魔王！

起初，我認為幻櫻只是被晶星人驚嚇到、導致行為紊亂的無辜美少女，後來發現她是超級詐欺師，而且專門欺負我這個弟子一號。

後來，我又以為沁芷柔是個帶點傲氣的校園大小姐，基本上還算好相處，沒想到她獨鍾設定系，害我差點被水雲流少女滅殺。

隨著惡劣到把人拖入地獄的處境一再出現，我柳天雲早已強到足以應變一切危機。

就算開始時是弱小的勇者，與前兩關的魔王交手過後，勇者吃過教訓、跌過慘跤，也會學習將自己從頭到腳武裝起來，然後不再挫敗。

不再……輸給任何人。

「……」

實際上，我早已看穿對方的詭計。

「裝作奉承對方、拖延時間，事先在房間內設下足夠多的陷阱，讓風鈴魔王一口氣幹掉柳天雲」——她們打的肯定是這個主意。

所以，我開始笑。

「哼哼哼……哈哈哈哈哈……哈哈哈哈哈哈哈哈哈哈哈……」

我不會因為對方是美少女而有所保留。根據「C高中美少女全是怪人」這個定律，風鈴很有可能會是前所未見、戰鬥力超過十萬的霸主級怪人。

在笑聲中，我緊緊握住了門把。

現在還來得及，趁對方還沒完全布起陣勢時，一口氣直搗黃龍，摧而毀之！

接著，我用力一轉手把，推開了房門！

我深深瞭解先聲奪人的道理。

所以房門一開，我就大笑道：「難道妳真的以為我柳……」

我話說到一半，卻停了。

無法接續。

——因為隨著房門大大敞開，意想不到的場景，映入我的眼簾！

肉肉肉肉肉肉肉肉肉肉肉肉肉肉肉肉肉肉肉！

大片白晃晃的少女胴體。

風鈴穿著淡紫色的蕾絲內衣坐在床邊，她雙手搭在一件同樣是淡紫色的蕾絲內褲上緣，似乎正打算將其脫下。

失去了外衣的遮掩，僅穿著最低限度的貼身內衣褲，風鈴纖美、玲瓏有致的身軀暴露在我的視線中。

她的身材比嬌小的沁芷柔還要迷你，但她高聳渾圓的酥胸，只略遜於沁芷柔，甚至因為身段玲瓏，看起來的視覺效果更加飽滿。

柔滑潔白的肌膚彷彿吹彈可破，細得只堪盈盈一握的小蠻腰，比例恰到好處的雪白玉腿，豐滿渾圓的酥胸，凹凸起伏的身材散發著強烈的女性魅力，完美到像是一件美麗的藝術品。

更讓人驚異的是，她那彷彿跨越了次元，只屬於一筆一劃苦心繪製才能誕生的漂亮臉蛋。

風鈴大大的眼睛帶著些許溼潤感，五官在極端的柔和中，眼角眉梢處又帶上了一絲天然媚意。此刻她淡粉色的嘴脣正輕輕抿起，渾身散發出楚楚可憐的氣息。

如同第一次近距離見到沁芷柔時失了神一樣，我的目光被風鈴給徹底吸引。這一瞬間，我產生了一種錯覺——天地間彷彿只剩下風鈴一人，恍若這個世界就是為了襯托風鈴的美麗而存在。

風鈴見到我後，雙眼慢慢瞪大。

接著她臉頰像熟透的蘋果般，紅得鮮豔無比。

「柳、柳、柳、柳……柳天雲大人！你怎麼自己進來了！」

風鈴手忙腳亂地抓起一件衣服擋在身前，接著像是覺得不夠，整個人像貓似的縮進了棉被裡，只露出一對眼睛注視我。

而夜藍則提起了放在牆角的竹劍，柳眉逐漸上揚。

「飛翔閃！」

在招式喊聲過後，我的胸口處一陣劇痛，夜藍竟然在頃刻間跨越了大半個房間的距離，在我胸口斜斜斬了一劍。

胸膛內的空氣被那一劍盡數推壓而出，我半跪在地，開始猛烈咳嗽。

「姊姊，妳怎麼斬了柳天雲大人……是也？」朝露訝然。

「啊，那個……我看見風鈴大人著急，下意識就……」

「剛剛明明是因為姊姊沒有鎖門，柳天雲大人才誤闖的。幸好我沒有跟著斬下去、追加連段，不然人大概就死了……是也。」

在一陣騷亂過後，風鈴躲在棉被裡換衣服，而我也從那一劍的後勁中緩過氣來，場面終於得到控制。

風鈴穿上一件淡紫色的連身睡衣，怯生生地坐在床角，滿臉通紅，眼神不斷地偷瞄我。當我們兩人視線對上，她就立刻迴避開來。

淡紫睡衣是露肩的款式，似乎是覺得這件衣物有些不妥，風鈴時不時摸摸自己裸露的肩膀。

夜藍跟朝露開始動手整理到處亂扔的衣物，房間逐步恢復該有的整潔。

打量房間內的擺設，可以看見到處堆滿了貓型娃娃，娃娃有大有小，顏色各異，粗略一數有幾十隻。

一望可知，房間的主人是個愛貓人士。

「那……風鈴大人，我們離開了。」夜藍跟朝露維持面向我們的姿勢，躬身退出房間，並帶上房門。

我沒有錯過她們臉上的表情變化。

她們的嘴角斜斜揚起，竟然在偷笑。

笑裡帶著幾分期待、揶揄，還有想看好戲的興高采烈，我從來沒有看過那麼詭

異的笑容。

「……」

傳聞中，C高中雙花之一的風鈴，入學後迅速奪走了沁芷柔在男生中的一半人氣，讓她收到的情書由四大箱變成了兩大箱，每天當面告白的人從六十人減少為三十人，這全拜風鈴所賜。

而風鈴一點也不低調，聽說曾當眾媚笑著道出「這也是理所當然的」這種話來，並且在晶星人降臨後，又有她不屑與沁芷柔一起上課，只想自修的消息出現。

所以C高中雙花雖然並稱，實際上已勢如火水，互不相讓，爭著想壓倒對方。

這一切元素，在我心目中建立起風鈴立體無比的難纏形象……完全是喜歡譁眾取寵、以逗弄男性為樂的魔王。

但是——

眼前的風鈴……依舊不斷地偷看我，扭扭捏捏，幾次像是想要張嘴說話，卻又把話吞了下去，與謠言滿天飛的「C高中雙花之一的風鈴」大大不符。

獨行俠的直覺告訴我，通往勝利的大道被黑幕所籠罩，最好不要再往前邁進。

我想了想，正打算出言試探時，風鈴卻有了動作。

她赤著腳在房間內走動，睡衣下襬微微拖地，發出沙沙聲響，走到書桌前打開抽屜，取出了某樣東西，將那東西小心翼翼地藏於腰後，轉身朝我走來。

「那、那個……柳天雲大人……」她小小聲地說：「我……人家……人家……

想……」

對於她身後藏起的東西，我非常在意。

在意到每個腦細胞都瘋狂尖叫起來，在電光石火之間，開起腦中評議會！

「凶器！她藏在背後的，絕對是水果刀一類的凶器啊！」感受危機的部分意識，在評議會內用力一拍桌，放聲狂吼。

「她說『人家……想……』，後面的臺詞肯定是『拜託你去死』！快逃啊主人！」負責逃命的意識也在大聲喧譁。

「不對，要反擊！我柳天雲……怎麼能敗在這裡！」屬於格調的意識則持反對意見。

「沒錯，魔王碰上魔王，巔峰對決，老夫豈有一逃了之的道理！」崑崙山仙人的部分這麼說。

怎麼回事？

過去即使對上幻櫻或沁芷柔，我腦中的想法也總能順利統一，正面抗敵，又或逃跑……這是第一次出現背道而馳的決定。

眼前的美少女明明毫無威勢，也沒有半點殺氣散出……竟然能讓我柳天雲未戰先怯，這究竟是怎麼回事！

不……換個角度想，或許正是因為感受不出對方的實力，所以探查危險的部分認為對方「深不可測」；而平常負責虛張聲勢的部分，則認為「這傢伙很弱，絕對能贏」。兩種極端的看法，動搖了我柳天雲的意念！

「快用虛張聲勢大笑！」屬於格調的意識大叫：「主人，讓這小女娃知道你的厲害！」

「不，快逃！快逃！」危機、逃命的意識則瘋狂反對。

「快反擊！」

「快逃！」

我腦海裡一片混亂。

最後，睡衣下襬擦過地板的沙沙聲停了。

風鈴已經站在我面前，眼神不斷飄開，模樣羞澀無比——讓我產生一種錯覺，彷彿眼前的少女光是與我近距離對視，就要提起渾身的勇氣。

風鈴將東西藏在背後，只要不是瞎子，就能看出她有所圖謀。

接著……

風鈴的手臂在空中劃出一道曲線，將背後的東西拿到身前。

彷彿置之死地而後生，她的速度極快，我即使早有防範，還是反應不過來。

——完蛋了，來不及閃開！

我用雙手組成十字防禦擋在身前，已經做好手臂被水果刀廢掉的覺悟。

血之覺悟。

……

過了半晌，想像中的痛楚卻沒有隨之傳來，超乎我的意料。

「？」疑惑之下，我解除十字防禦，向前看去。

風鈴紅著臉微微躬身，雙手捧著一塊迷你簽名板，與一支簽字筆，做出遞給我的動作。

簽名板……簽字筆……

這兩樣東西要怎麼殺人？其中究竟藏有什麼樣的陷阱！

我沒有接過風鈴給的東西，不斷推理對方的意圖，心中愈發疑懼。

不可能……

絕對不可能！

我柳天雲……竟然看不穿對方的想法，猜不透魔王的攻擊模式。

不愧是位於C高中頂點的魔王——風鈴！確實有與我一較高下的資格。

「慢下來，靜觀其變。」我在心中如此告訴自己。

高手相爭，成敗只在一線，我要以靜制動！

在我謹慎的注視下，風鈴終於有了動作，她細聲細氣地開口了。

「那、那個……柳天雲大人。」她扭捏地道：「風鈴想請你……請你幫我簽名……」

她越說越小聲，到後半段我已經聽不清，但整體意思依舊清楚地傳達給我。要我簽名。

眼前的大魔王，遞出了簽名板跟簽字筆，要我幫她簽名。

我並非不懂「簽名」這兩字的涵義，而是無法理解少女「索要簽名」的行為本身。

「……」我開始思考。

「……」繼續思考。

「！」接著猝然醒覺。

這樣啊。

這樣啊……

我柳天雲……已經明白了妳的盤算……與計謀！

比耳邊忽然響起十個霹靂還要讓人心驚肉跳，這計謀藏得如此之深，讓我恐懼不已。風鈴此刻的手段──猶如江中巨蛟，在我游過清澈的水道時，自厚厚的泥沙中翻身而上，將我一口咬住，拖入江底成為枯骨冤魂。

她依舊保持著遞出東西的姿勢，但我當然不肯接下。

在理解對方真正意圖的同時，面對眼前害羞至極的少女，我發出了冷笑。

「好算計……好手段！不愧是C高中的怪人之王！」

風鈴聽了我的話，美眸圓睜，「咦……？」

「裝蒜也沒有用，妳已經露出馬腳，被我柳天雲察覺一切了。」我淡然道。

沒錯，我「江戶川天雲」……已經看穿了她的殺人手法！

就像午後播放的偵探劇那樣，犯人被主角當眾揪出時，總是會大喊「我是無辜的，凶手不是我」這套經典臺詞，但在主角將證據一一揭曉後，犯人往往就會低下頭，流著淚坦承犯行。

現在當然也是如此。

只要以我柳天雲洞燭機先的目光，佐以將真相一口氣道出的凌厲口才——就能以石破天驚的態勢，將眼前魔王的詭計給揭穿！如此一來，她多半會惱羞成怒，使我之後更容易取得先機。

於是，在風鈴魔王察覺自身的破綻之前，我毫不留情地出手！

「簽名板。」我指了指風鈴手上的東西，以偵探的穩重口吻道：「還有簽字筆。」

「簽名板用來寫上東西，而簽字筆是用來寫東西的。」我接著解釋，「顯而易見……妳的戰術核心，完全建立在這兩樣東西上。

「如此一來……將凶器……呃，將證物兩相湊合，答案豈不是呼之欲出！」

風鈴呆呆地望著我，像是聽不懂我在說什麼。

很好的表情，跟電視上的凶手躲在人群裡時一模一樣。

於是我維持偵探風範，嚴肅地做出發言：「名字被寫在簽名板上的人，四十秒後就會死，沒錯吧？」

「什麼？」風鈴愣住。

「如果不寫死因的話，就會死於心臟麻痺。」我繼續道，「寫下死因時，會有六分四十秒可以記入詳細的死亡情況。

「讓我自己寫下名字……恐怕是想要在我因心臟麻痺而倒下，朝我露出獰笑、俯身念出『我就是奇樂』的時候，享有更大的愉悅感！

「讓我猜猜……這簽名板的名字，叫做『死亡簽名板』對吧？」

「……」

彷彿害怕傷到我一樣，風鈴小心翼翼地道：「那個，柳天雲大人……就算您是輕小說家，抄襲《死●筆記本》這套漫畫的設定也不好……」

被指出事實後，我感到莫名的氣悶，但我隨即省悟：她這話肯定是為了開脫罪行而做出的垂死掙扎。

既然如此，我柳天雲可不能上當！

沒錯……就算再荒謬，乍看之下再不合理，我也必須解釋出犯人的殺人手法，否則我就是不合格的偵探。

「別裝蒜了，妳這分明就是死亡筆……死亡簽名板！」於是我怒道：「寫上名字就會死，難道妳以為我會乖乖上當！」

「唔……柳天雲大人，您看好了。」風鈴拔開筆蓋，開始往簽名板上寫東西。

接著我看見風鈴在簽名板上面唰唰唰地寫下自己的本名。不是風鈴這個外號，據我之前無意間聽來的消息確認，這是她真真正正的本名。

「柳天雲大人，這樣可以消除您的疑慮嗎？」

赤裸裸的打臉使我無比尷尬，臉龐湧上火辣辣的燙，還開始不受控制地抽搐。

風鈴看見我的表情卻笑了，笑聲婉轉動聽。

「柳天雲大人，我明白的，風鈴都明白的。我甚至比您還要理解您。您只是因為尷尬，找不到話題，所以找個方法來逗風鈴笑，是這樣對嗎？」

……堂堂C高中大魔王，她竟然在找臺階給我下。

「哇哈哈哈哈哈哈哈……沒錯！能明白我柳天雲的苦心，妳是個可造之材！」

我扠腰狂笑。

實際上，不是那麼高尚的理由。

只是用刪去法排除一切可能性之後，我也只能道出「死亡簽名板」這個連我自己都感到愚蠢的揣測。

因為與魔王對陣，如果承認自己猜不出對方的想法，在那一刻，即是宣告自身的敗北。

所以，哪怕明知是飛蛾撲火，料到自己的玻璃心會碎落滿地，我還是得硬著頭皮，將堪稱羞恥處刑的推理道出口。

因為這就是柳天雲，這就是孤獨者之王的對戰形式——即使是敗，也要敗得符合我的風格。

我的笑聲漸止，風鈴等到我笑完之後，將一張新的簽名板遞給我，再次提出了簽名的要求。

這次我沒有多話，乖乖簽上「柳天雲」三個大字，並在空白處畫了一堆氣勢十足的閃電圖案，最後遞還給她。

「謝謝您！風鈴會珍惜的！」風鈴將我的簽名板抱在懷裡，就像摟著什麼寶物那樣，滿臉喜悅。

看她這副模樣，我忍不住產生疑惑。

「妳為什麼想要我的簽名？」

風鈴回：「因為我是柳天雲大人的忠實粉絲。」

她說到這，以極度懷念的語氣，又道：「柳天雲大人，這麼多年過去了……風鈴終於、終於能再次與您面對面接觸，而不是遠遠望著您。」

少女的話聲很柔和。

柔和到，讓我對自身產生了強烈懷疑。

自從進入房間以後，我所看到風鈴的一切行徑，都帶著彷彿要滴出水來的溫柔。兼之剛剛進行過正面交鋒，綜合所見，不禁讓我開始思考一件事……

那就是……眼前的少女，會不會不是魔王，而是正常人？

「……」我將精神力集中，觀察著眼前名為風鈴的少女。

少女被我看得微低下頭，含羞帶澀，輕柔地開始發言。

「從小學開始，風鈴就一直注視著柳天雲大人的身影。

「在一次次縣大賽、全國大賽，甚至是三國聯合舉辦的小學生寫作比賽，您一次次站上頒獎典禮的高臺，接受著鎂光燈與大人的讚賞。

「當時的風鈴長得很不起眼……有嚴重的人群恐懼症。處於人群中，或者被人大聲問話就會不知所措，甚至哭出聲來……對未來感到無比迷惑，不知道自己該做什麼，又能做什麼……

「柳天雲大人是我的偶像。」她的聲音似乎越來越堅定，「因為憧憬您的英姿，風鈴也開始接觸寫作。

「寫作讓風鈴找回了一點自信，也希望藉著寫作，能讓原本瞧不起風鈴的人……願意將目光投注在風鈴身上。

「風鈴一點一滴，跌跌撞撞地成長，我不敢有超越柳天雲大人的想法，只希望能更加接近柳天雲大人一點。因為風鈴很想去看……柳天雲大人眼中的事物，在寫作之道上見到的風景，究竟是什麼模樣……」

風鈴的話聲彷彿帶有讓人沉澱心緒的魔力，我默默地聽著她發言，往常無時無刻都在奔馳的思緒，竟然罕見地安靜了下來。

房間裡一片寂靜，風鈴偷偷看了我一眼，一咬下唇，像是努力鼓起勇氣那樣，抬頭與我對視。

「風鈴小學五年級那年，在縣大賽上，您更是拯救了我。

「從茫然變得有所目標，哪怕風鈴現在還是很膽小、很膽小，人群恐懼症才治好一半，也沒有交到半個朋友，但拜柳天雲大人所賜，風鈴已經能夠看到未來的方向。」

她拿著簽字筆的左手此時握起成拳狀。

「那一次的比賽，讓風鈴下定決心，要學習勇敢，變得堅強，讓柳天雲大人以風鈴為傲！只要柳天雲大人還在，哪怕只能遙遙注視，風鈴就心滿意足，能夠鼓起繼續往前邁步的勇氣。

「只是……後來……後來柳天雲大人從所有比賽中消失……失去了注目的中心，讓風鈴再度感到徬徨、不安，差點又變回當初那個膽小鬼。之前因為太過害羞，所以一直不敢去見柳天雲大人……這些話在風鈴心裡藏了好久好久……

「不過，這一切都已經不重要了。重要的是……現在柳天雲大人就站在風鈴面前，聽著我說話。」

風鈴微笑，「這樣就夠了，風鈴已經心滿意足。」

「……」

立於C高中校園頂點、一呼百應的公主級人物，稱我為偶像，讓我心裡產生疙瘩，想法有些紊亂。

沁芷柔與風鈴這種人物，不管擺在何處，都像太陽一樣顯眼……而我柳天雲充其量只是四處飄蕩的宇宙廢棄物，還沒靠近太陽就會被燒毀。

而今天，卻有一顆太陽繞著宇宙廢棄物進行公轉，聲稱要以宇宙廢棄物為榜樣——這樣的消息要是散播出去，任誰聽了都會捧腹大笑。

唯獨眼前的風鈴，不單沒有笑，還以非常認真的姿態對我坦承一切。

與這樣子的對象相處，我竟然從進門就開始插科打諢，不時大笑或說些奇怪的話，如果被誤認為是中二病患者，那就不好了。

於是我收拾心態，正色以對風鈴。

「……」這樣啊。

……原來事實是這樣啊。

傳聞中「柔媚、喜歡玩弄別人的風鈴」。

與眼前這個「有人群恐懼症，崇拜我的風鈴」。

在這一瞬間，傳聞的印象在我腦海中碎裂開來，取而代之的，是眼前俏生生、我見猶憐的風鈴本人。

我將所有線索堆在一起，順利瞭解情況。

「我懂了。」我淡淡道：「因為妳有人群恐懼症，又怕被人欺負，所以妳招收了大量親衛隊保護妳，偽裝出不好應付的外表，『傳說中的惡劣風鈴』正是妳擋掉不速之客的最大防護。

「而因為害怕被識破真相，在無法帶親衛隊保護自身的情況下，妳選擇不去菁英班上課，順勢運用之前與沁芷柔交惡的背景，放出妳討厭沁芷柔、不屑去上課的假象。」

「是的。」風鈴崇敬地說：「不愧是柳天雲大人，料事如神。」

……眼前的美少女，與傳聞中的風鈴，完全不是一個樣子。

她本質其實是個純真善良的少女，只是藉由傳聞擬態起來，讓別人不敢太過接近，進而保護自身。

我想，或許是因為風鈴的容貌，在超人一等的清純之外，眼角眉梢又帶著幾絲媚意，所以在其他不知情的人眼裡，笑著的風鈴……看起來確實很像養尊處優、笑著睥睨他人的傲氣女王。

過去我見過很多次，風鈴收下告白者的情書後，不置可否地對著對方嘻嘻直笑——我原本以為她是故意不給對方答案，讓人心癢難搔；現在我才明白，風鈴只是緊張到不知道該如何應對而已。

接著就是以訛傳訛，一名清純到沒半點心機的美少女，被誤認成是腹黑難搞的高傲女。

真是個奇妙的女孩。

風鈴彷彿是和平女神的化身，在她面前，我的狂氣全消，怪人戰鬥力直降到零。別說是虛張聲勢的大笑了，我連一句怪人怪語都說不出口。

「我說啊……那個……」我傷腦筋地摸了摸頭，「可以別叫我『大人』嗎？聽起來很奇怪。」

「咦……可是風鈴不敢直呼柳天雲大人的名字。」

「叫學長如何？」

「唔，那樣聽起來好普通……」風鈴可憐兮兮地說：「風鈴是一年級，有好多好多學長，缺乏區分性。」

「呃……」我仰天思考。

「啊！有了！」風鈴喜道：「叫前輩可以嗎？寫作上的前輩。」

「前輩嗎……都行，隨便妳叫吧。」

「好的！」風鈴得到允許後，立刻笑了起來：「柳天雲前輩！」

……她很開心。

那發自內心的喜悅，讓我心中最後一絲防範也消失無蹤。

風鈴左一聲前輩、右一聲前輩，喊得我有些飄飄然。

既然有了個可愛的後輩，以後可就不能跟沁芷柔、幻櫻那兩個傢伙一樣，隨意做些怪事丟臉了。

沒錯，從今以後，我要保持形象，當一個正直、可靠的好前輩——

接著風鈴忽然說道：「前輩，風鈴想跟您說一件事。」

「？」我看向她。

「風鈴私底下有在偷偷關注前輩，我知道您自稱獨行俠，跟孤獨者之王什麼的……」

才剛剛宣誓要保持的形象，立刻就在後輩的言語下瓦解崩碎。

「……」

被發現啦糟糕完蛋了怎麼辦我的前輩形象要崩毀啦不可能等等等等等等等等老夫崑崙山仙人或許還有機會快反擊不會吧！

我思緒大亂，抱著頭蹲下，感覺心跳漏了好幾拍。

風鈴看到我的樣子，捂著嘴笑了。

「不要緊張。」風鈴又道：「風鈴有注意到，您從剛剛被我稱作偶像開始，行為模式就變得非常僵硬。風鈴想告訴您，用原本的面貌來面對風鈴，那樣就可以了。

「前輩是獨行俠，風鈴覺得那樣很好……不如說，正因為身為獨行俠，才能構築出完整的前輩。」

第一次身為獨行俠而被稱讚，而且對象還是這麼高等級的美少女，這讓我只能露出緊張的傻笑。

風鈴繼續說下去：「其實在上高中學會打扮之前，風鈴非常不起眼，跟您一樣，一直都是獨自行動。所以風鈴其實也是獨行俠哦！以後也請多多指教！」

妳也是獨行俠嗎……？

獨行俠……

不對勁。

在風鈴自稱是獨行俠的瞬間，彷彿一腳踩空的巨大落差感襲上我的心頭，使我感到強烈的不安。

那落差與不安感，並非在煩惱自身，而是針對眼前的少女……在擔憂著、思考著風鈴的處境。

面對彷彿不曾被俗世所汙染的天真少女，我將拳頭捏得死緊，陷入了深思。眼前的視線，隨著思索，逐漸變得模糊。

與幻櫻初次見面時，她所對我道出的評語，再次竄過耳畔——

「你不像表面上裝出來的那麼愚蠢，現在表現出來的、傻子般的快樂，只是在掩飾你內心深處的孤獨。我們見面到現在總共二十分鐘，你笑過很多次，眼眸深處，卻沒有出現過半點笑意。

「我現在看到的你……是真正的你嗎？柳天雲。」

原來如此……

我終於理解，自己為何替風鈴感到不安。

幻櫻所看到的我，不是真正的我。

而我所看見的、自稱獨行俠的少女，也不是純粹的獨行俠。

我也終於明白，為什麼面對任何人都能像瘋子般哈哈大笑，展現連天意都想逆轉的狂態，這樣子的我……在風鈴面前卻可以平常地談話、普通地說笑，產生類似夥伴的感覺。

因為面前的少女，因人群恐懼症而飽嘗孤獨，直到上高中之前都孤零零的——她散發著同類的氣味，本質與我無異。

她是我所遇到的第一個獨行俠，卻沒有進化為獨行俠的完全體。

沒有朋友、試圖克服困境、對某人有著強烈的憧憬——一切都與我如此相似。

但……

風鈴與我有著關鍵性的，甚至可說是致命性的不同。

「……」

風鈴在升上高中之後，因為學會了打扮，將美麗的外表向外界展露，從而吸引了大量追隨者。

即使是現在，風鈴也依靠著親衛隊跟藍藍路姊妹的幫助，才能一路扶搖直上，從毫無人氣的孤獨者，成為萬眾矚目的C高中雙花之一。

然而……

然而，獨行俠，是不能依靠他人的。

C高中三名美少女，沁芷柔、幻櫻、風鈴。

沁芷柔擁有常人難以望其項背的武力，光靠女王氣場就吸引了無數追隨者。

幻櫻身負天下無敵的騙術，甚至懷有豪奪晶星人願望的勇氣。

有著強烈個人特質的兩名美少女，即使個性上殘念無比，她們依舊能傲立於世，過得比絕大多數人更好。

但是……C高中第三名美少女，風鈴。

——除了美貌，除了因小小憧憬而進步的寫作能力，她一無所有。

我垂下雙目。

天真無邪的少女，風鈴唷。

單靠美貌建立起的追隨者團隊，結構脆弱得超乎妳的想像。因為妳只能吸引重視外表美醜的膚淺之徒，真正能夠交心的知己，則會敬而遠之，躲到妳視線可及的範圍外。

隨著時光荏苒流逝，妳逐漸不再美麗，若是有一天，追隨者亦不再對妳表達支持——那妳將重回一無所有的窘境。如同醜小鴨驚喜地長成天鵝，醒轉後卻發現一切都只是南柯一夢……

這時候，被打回醜陋型態的那個自己，將痛到無以復加。

比起從來沒有成為天鵝過的未來，還要痛上百倍。

我注視著風鈴，她不知我在想些什麼，朝我露出天真的笑。

……太脆弱了。

以外表做為交易籌碼，依賴他人而生存的獨行俠，實在太脆弱了。

我柳天雲身為獨行俠，孑然一身，傲立於天地之間……不需要別人的幫助，所以強。

而風鈴從當年的獨立，到現在藉著外貌依賴他人——其實已經走上了獨行俠的歧路，萬一再踏錯半步，就會陷入萬劫不復的處境中，再也無法回歸平凡。

或許風鈴自己也知道，現在的她究竟是處於什麼境地。

但我很確信，哪怕她明白自己的處境，亦無法自行抽身……解散親衛隊，回到獨行俠的正確道路上。

因為身為獨行俠的我非常瞭解——人類是一種很狡詐的動物，善於自我安慰、長於欺騙他人，哪怕是掩耳盜鈴，也必須給自己找一個足以心安的理由，然後繼續下一輪的謊言。

逐漸地……親手摧毀曾經的美好，破壞昔日的信念，向下沉淪。

所以，即使是飲鴆止渴，風鈴也無法果斷地拋下偶像包袱，而是行走於懸崖邊界，繼續冒險前行。

獨行俠也是人，輸了會哭泣，累了會抱怨，被拒絕會失望，將自己藏進假面具的掩護下，即使面具下在流淚，應對眾人的臉孔也依舊在笑。

我柳天雲的面具一層又是一層，揭之不完，所以夠格成為孤獨者之王。

而風鈴身為純粹的孤獨者，卻以真實面貌朝向這個世界，以搖搖欲墜的組織結構保護自己。

就像立於絕望深淵上的鋼索、努力保持平衡——很快的……或許是幾個月後，也或許是明天……若是妳不幸失去了外表的糖衣，眾叛親離之下，比一般人更加脆弱的妳，將會墮入絕望的深淵，被徹底封死在裡面。

很久之前我就已經明白「人」字的真正意義。

人類不止一個，當一個「人」字，變成「人人人人人人人人人人人人人人人人人人人」這樣無數個人字時，你隨時可以選擇捨棄與自己背靠背的隊友，讓他重重摔倒，傷得再也爬不起來，然後獨自去尋求更好的目標依靠。

所以……風鈴，妳很危險。

非常危險。

「前輩？」風鈴望著遲遲不說話的我，可愛地歪了歪頭，漾起微笑。

「……」

她需要幫助。

彷彿立於搖搖欲墜的危牆之下，眼前柔弱的少女，比誰都還需要幫助。

在遭受背叛之前，我必須想個辦法……將她從這種情況下解救出來。

……能理解獨行俠的人，也唯有獨行俠。

而我是獨行俠之王。

亦即，只有我能幫助風鈴。

在極短時間內，我的腦海裡竄過許許多多的想法。

「想幫助眼前的少女」這一念頭不斷浮現，強烈地占據我的腦海。

……但是該怎麼做？能如何去做？

眼前的少女在獨行俠的道路上，已經走得太遠，道路卻有所偏頗。

所謂的獨行俠，是不能夠仰仗他人的。

而風鈴，卻選擇將背後交付給他人。

「……」注視著風鈴嬌美的臉孔，與她充滿景仰的眼神對上，這一瞬間，我忽然明白了一切。

景仰。

……她景仰著身為獨行俠的我。

原來如此。有辦法的。

我有辦法……幫助風鈴。

或許我跟風鈴，會同時以獨行俠的身分，並在C高中遭難的此刻，以這種奇特的方式碰面，並不是偶然。

而是……獨行俠在孤寂的大道中，看見另一個獨行俠離開了正確的道路，奮力援助同伴的必然。

不是被可愛學妹吸引的學長。

也並非闖入教師宿舍面對校園偶像的狂徒……

這一刻，我是以獨行俠的身分，對另一個獨行俠伸出僅僅一次的援手。

少女唷，其實被妳稱作偶像，我感到有些慚愧。

妳在寂寞之餘，為了尋找寄託而看見的，那個近乎無所不能、立於頂點的柳天雲，其實只存在於幻想之中。

因為晨曦消失而逃避了兩年，比誰都還脆弱，害怕受傷而排拒一切，以好聽的名義戴上重重假面具，這才是真正的柳天雲。

但身為同類，我依舊會幫助妳。

以獨行俠的方式……來幫助妳。

「……」於是我將手負在背後，並開始笑。

「哼哼哼哼哼……」

「哈哈哈哈哈哈哈……」

「哈哈哈哈哈哈哈哈哈哈哈哈哈……」

我以手按臉，掩面大笑。風鈴被我笑得有點害怕，肩膀微微一縮。

大笑接連不停。

「哈哈哈哈哈……妳知道嗎？」我一邊狂笑一邊說道：「我柳天雲啊，根本就不是妳想像中那麼厲害的人。我曾經自鳴得意，為了迎合評審而寫作，文字充滿匠氣，校排行還可悲地慘敗給別人。

「然後那個我啊，在人生的賽事上輸得一蹶不振，面對困境，我選擇目空一切地逃避，甚至因為這樣，一度想放棄寫作！」

我大喊：「妳懂嗎？我柳天雲……只是輸得不乾不脆的喪家之犬而已！」

如果是別人這樣子血淋淋地挖開我心中最深的傷口，我勢必會勃然大怒。

但如今……我卻必須親手將快要結痂的傷口扒開，暴露在我柳天雲，或許是世界上唯一的粉絲面前。

……因為風鈴太過軟弱。

少女哦，我要殺死妳心目中那個「無所不能的柳天雲」。

當妳看見自己的偶像如此不堪……原先認為高高在上的目標，其實早已在爛泥巴裡摔得狼狽，勢必會深深深深失望……

深深失望……然後以我為借鑒，進而反省自身。

這是一注強心劑，讓妳提早明白理想與現實之間，究竟有多麼大的差距。

如果有一天，妳被賴以依靠的人背叛，那時候……我的這注強心劑想必會發生作用，讓妳能保有最基本、最起碼的，爬出絕望深淵的底氣。

風鈴將雙手絞成一團，靜靜地聽著我說話，臉色有些蒼白。

但她依舊在聽，仔細傾聽著我的每一字每一句。

「我啊，根本就沒有幫妳簽名的資格，哈哈哈哈哈哈哈……哈哈哈哈哈哈哈哈哈……」

我大笑不止，一鏟一鏟挖開自己的傷口。

「妳知道嗎，我已經兩年沒寫作了啊！妳早就已經超越我了。那個曾經戰無不勝的柳天雲……只是在妳的回憶中，被大大美化的產物罷了。

「真正的我，只是一個膽小如鼠，不敢面對……」

我話說到一半，卻有另一個微弱的嗓音，從我面前傳出。

「為……」

那聲音之弱，讓我聽不清對方在說些什麼。

「為什麼……」

風鈴的雙眸深處，蘊含著似水的溫柔，她像是想獲得更多勇氣那樣，雙手緊握成拳，用力的吸了一口氣後，終於發出了正常音量。

「柳天雲前輩，為什麼要這樣貶低自己？

「風鈴不想看見這樣的前輩！」

她的話聲明明不大，言語傳入我的耳裡，卻有如憑空響起了幾個驚雷，將我震得心搖氣動。

「就算您對風鈴說了這些話，前輩昔日的身影拯救了風鈴，這依舊是無可動搖的事實！所以，風鈴不會改變對柳天雲前輩的看法！」

有多久了……

如果從風鈴小學五年級開始計算，她將我視作偶像的時日，至少有六年。

六年並不是多起眼的長度，卻占據了她將近一半的人生，足以在生命中烙下堅若磐石的意念。

「柳天雲前輩是個非常強大的人」這樣子的謊言，已經根深柢固地植於她的想法中。

但……

我柳天雲，事事謀定而後動，早已準備好了後著。

我從一開始，就沒打算靠著這三言兩語，沖垮風鈴的偶像信仰。

如果憑藉區區幾句話，就能改變風鈴的想法，那她從一開始……就沒有成為獨行俠的資格。

所以我又開始大笑，笑聲裡卻帶著點悲哀之意。

「哈哈哈哈哈哈哈哈哈哈……哈哈哈哈哈哈哈哈哈哈哈哈……」

從小到大，這還是第一次有人在我面前自稱是我的粉絲，打從心底喜歡我這個人。

我柳天雲的行事作風，非常偏執。

不過，如果這份偏執……能夠在遙遠的未來拯救風鈴，即使必須以撕開自己的傷口做為代價，親手葬送頭號粉絲的愛戴——我也在所不惜！

或許會有人認為，世上悲哀之事，無過於此，我柳天雲將重返孤單，只能擁抱寂寞。

但對於我而言，這正是獨行俠理念昇華到極致的表現……正因為孤單，正因為擁抱寂寞，所以強！

「哈哈哈哈哈哈哈哈哈……」我越笑越狂。

想杜絕風鈴的崇拜念頭，使她變得強大，最好的方法……就是讓她對「柳天雲」這個人徹底改觀。

要辦到這點，只靠撕開自己的傷口還不夠，我必須……拿出足以扭轉乾坤的厲害事物……

我將手探進口袋。

抓住了一張薄薄的紙條。

觸摸這個動作彷彿喚醒了我的記憶，紙條上面細讀多次的文章，再次流過我的眼前——

弟子一號在突破護衛隊的重重包圍後，直闖核心，與目標人物風鈴見面。

最後，當面直接告白：「請當我的女朋友吧。」

大功告成，攻略成功。

以上，完美計畫。

可喜可賀、可喜可賀。

……幻櫻的攻略本。

是的。

我從來沒有如此感激過幻櫻。

如果有獨行俠之神這種神祇存在的話，那我想必是備受祂照拂的首號信徒。

——在我無計可施的最後一刻，幻櫻堪稱荒謬的攻略本卻給了我靈感。

……沒錯。

這是讓風鈴……對我改觀的最快方法。

當面直接告白！

身為校園美少女偶像的風鈴，不可能答應我柳天雲的追求。

只要裝成滿不在乎的模樣，將告白說出口，在風鈴眼裡，我就是「想利用過去的事件，挾恩求報的無恥前輩」。

在告白後，風鈴會對我柳天雲徹底失望，並且以我為前車之鑑，獲得足以度過日後難關的勇氣。

而我在被風鈴拒絕後，也能順理成章地將責任推卸到名義上的師父身上，讓她重新審視自己的計畫究竟有多麼無用……我只要再抓住幻櫻的氣勢虛弱期，離真正的勝利便也指日可待。

「……」

拯救風鈴並擊敗幻櫻，這是雙管齊下。

在晶星人降臨前，我勢必無法利用這樣的條件，打出如此漂亮的反擊。

然而，現在的我可以做到。帶著挨揍的滿身傷勢，不管是心靈還是肉體，我已經比當初強了太多太多……強到足以跨越一切困境！

我緩緩調勻呼吸。

並將視線慢慢轉移到風鈴臉上，與她晶亮的眸子對視。

我已經預見了她心目中「偶像柳天雲」的殞落形式。

果然吶，偶像什麼的前綴詞……一點也不適合我。

上吧，孤獨者之王……柳天雲！

「風鈴。」我做好心理準備，緩緩開口。

「嗯。」風鈴乖巧地點頭，「前輩表情這麼凝重，一定是有話想說。請您儘管說，風鈴聽著。」

就是現在！

以直球，一決勝負！

「我喜歡妳，請跟我交往。」我鄭重地道。

「好。」風鈴立刻點頭。

「……!?」

我的胸口有如遭受巨石重擊，一口氣幾乎接不上來。

這到底是什麼情況！等等……或許她聽錯話了。

「我說……我喜歡妳，請跟我交往！」為了避免她沒聽清楚，這次我一字字慢慢地說。

「好。」風鈴又是迅速點頭，臉頰紅了大半，羞澀道：「如、如果前輩不嫌棄風鈴的話……那我們就、就、就……」

她說到後面，話聲已經細若蚊鳴，一句話遲遲無法說完，但只要聽者不是傻子，就能將前言後語串在一起，輕易推敲出整句話。

「……」

怎麼回事……這究竟是怎麼回事！

風鈴為什麼會答應我的告白，難道我的計畫有誤？

在極度慌亂的這一刻，風鈴卻湊了過來，輕輕拉住我的上衣袖子。

「前輩剛剛一直笑，跟以前有些喜歡風鈴、想吸引風鈴注意的男生很像。風鈴有了心理準備後，就沒有任何猶豫哦。欸嘿嘿，風鈴很聰明吧？」她雙頰酡紅，眼睛笑眯成兩輪彎月。

「收到前輩的告白，風鈴非常非常開心。不如說……除了前輩之外的男生，風鈴都不能接受。

「前輩，那……那您可以叫我鈴兒嗎？」

……不可能！絕對不可能！

我呆呆望著風鈴。

肯定有什麼地方搞錯了。

柳天雲，快修正計畫……修正計畫……修正計畫！我在心裡瘋狂吶喊。

但……我在底牌全出、信心滿滿的狀態下被擊潰，就像大絕招被敵人破解的漫畫角色那樣，連掙扎的動力都已經失去——能餘下氣力在心裡空喊，已經是了不起的成績。

「柳天雲前輩，那個……那個……雖然由女孩子來說這件事，可能有些不檢點，可是風鈴有一件事想拜託您。」風鈴忽然又道。

「！」

是後悔跟我交往了嗎？我重新燃起一線希望。

「交往的第一個禮拜，可以侷限、侷限在接吻以下就好嗎？風鈴沒有經驗，再快的話……再快的話……不太能適應……」

意識到風鈴是伸手可及的對象時，我不由自主地開始打量她。

閉月羞花的美貌。

前凸後翹的身材。

善解人意的性格。

有求必應的體貼。

……完美女朋友的典範。

風鈴被我瞧得害羞起來，低下頭去，連耳根子都染上緋紅。

有史以來第一次，我被「現實」二字逼得這麼狼狽，情勢終於突破了我的理智限制器，「虛張聲勢大笑」開始自主啟動。

「哈哈哈哈哈哈哈……哈哈哈哈哈哈哈哈哈哈哈哈哈……」

風鈴一呆，抓住我衣袖的手指微鬆。

趁著這個機會，我大跨步衝出房門，然後劈里啪啦跨越階梯跳到一樓，一口氣衝出教師宿舍。

連水雲流少女、詐欺師幻櫻都敢正面抗衡的我……面對一個又軟又萌的美少女，竟然不敢應戰，以逃離戰場試圖敷衍過去。

我逃避了。不光沒能拯救風鈴，甚至把自己也賠了進去。

但腦袋一片混亂的我，也只想得出這個主意。

「我柳天雲沒有錯！」我狂奔衝出教師宿舍，「錯的不是我……」

接著，用盡全力朝蔚藍的天空發出怒吼——

「而是這個有病的世界！」

第六話 我交到太多女友引發了世界末日

C高中的美少女怎麼全是一群怪人！這個世界絕對有病，無可救藥的有病！

為了從剛剛丟人現眼的窘態中冷靜下來，我拚命奔跑，藉著速度產生的勁風冷靜頭腦。

剛逃出教師宿舍不遠，從一棵大樹旁經過時，頭頂風聲忽響，有人自樹上躍了下來，帶著落勢朝我背後一踹，直接將我踢倒在地。

我顏面朝下重重摔倒，強烈的疼痛讓我清醒不少，泥土的氣味傳入鼻端。

「……」

我還沒爬起身，就感覺到有人坐到我的背上。

從那熟悉的體重，我立刻明白來者是誰。之前我已經被她坐在身上過。

「弟子一號，動作真慢吶，等得我肚子都餓了。嘻嘻，為師的攻略本，有發揮功效吧？」

功效確實顯著，不過是照著幻櫻的理想情況發展。

在極端的困窘中，我的五指插入鬆軟的泥土裡，不甘心地將它掐得稀爛。

剛剛顏面碰地的震盪，已經讓我激動的情緒稍緩，這時我的心裡忽然掠過一陣怪異感。

……奇怪。

好奇怪啊。

之前拿著狀似自殺用的攻略本，去攻略沁芷柔，結果完美成功了。

現在以沒有半個字可靠的鬼扯東西，去攻略風鈴，竟然又順利拿下。

「……妳是怎麼辦到的？」我悶聲道。

「呼姆，你傻了嗎？這是什麼怪問題。」幻櫻回。

「近乎未卜先知的算計，恍若早知一切的安排……妳究竟是怎麼辦到的！」我逐漸提高音量：「我柳天雲的行動，有時連我自己都無法預估，妳竟然能次次猜到，還料得精準無比……這根本不可能！」

沒錯，已經好多次了。

從沁芷柔事件，再到風鈴事件，幻櫻一次又一次拿出詭異的攻略本。

乍看攻略本內的文字，任誰都會以為幻櫻是一時心血來潮，隨手亂撇讓攻略本誕生……

但事實證明了，那些荒誕離奇的攻略本，正是為了攻略沁芷柔與風鈴這兩名美少女……所量身打造的最佳法門。

以設定來攻略設定系少女。

用直球來對無法拒絕的粉絲告白。

據說，幻櫻連臉也不用露，光靠聲音蠱惑，就能把人騙得團團轉。

據說，幻櫻曾經從黑心商人那邊騙取了數十億資金，以募款名義全部納入囊中。

據說，幻櫻曾經與祕密前來吸收新成員的ＦＢＩ對抗，連續三次把陌生人假扮成她，讓ＦＢＩ無功而返。

眾說紛紜，已經接近「奇蹟」範疇的傳聞比比皆是，如「她騙過了癌細胞讓重病患者痊癒」、「只要她想，連神都能騙過」等等。

難道……這是幻櫻所締造的，又一個奇蹟。

深不可測。

越是瞭解幻櫻，離她距離越近，深不可測的念頭越是牢牢扎根在我的思想深處。

有史以來第一次，有一個人讓我起了不可戰勝的想法。

「我說啊，弟子一號。」幻櫻摸了摸我的頭，嬌聲道：「事情到了這個地步，你竟然還問『我是怎麼辦到的』……那不是顯而易見嗎？」

「畢竟我可是幻櫻啊。」幻櫻得意地說：「這個名號，就足以解釋一切了。」

……真是狡猾的回答啊，師父。

很有可能，這世上除了幻櫻自己的計策，沒人能騙倒這個天下無雙的詐欺師……

但身為孤獨者之王，孤獨王國的公爵，我不允許自己一再敗給相同的目標。我要變得更強，強到能以獨行俠的手段拯救風鈴。

幻櫻，我遲早有一天要推倒，不……打倒妳！

等等。

等一等。

我上上上一句說了些什麼……**除了幻櫻自己的計策？**

「……」想到這裡，趴在地上的我開始打顫。

彷彿被冰水潑了滿身那樣，我全身都震顫了起來。

就像面壁苦思多年的僧侶，忽然得聞大道、尋求到答案的真相那樣，無法抑制由內心傳達到全身的激動。

原來如此，原來如此啊——

天無絕人之路，在被逼到死胡同的這瞬間，原先以為是死路的地方，竟然藏有一條不起眼的小徑。

而踏過那胡同、轉過那小徑……柳暗花明又一村，面前霍然開朗，耀眼得無法直視，竟是眾人難以想像的寬廣天地存在！

「……」

過去，我多次證明了自己想出來的戰術，都會被幻櫻輕易破解。

或許我不是她的對手，那……讓幻櫻自己，來對付幻櫻呢？

就像必須用魔王遺落的任務道具來破關一樣，幻櫻這裡……想必也是一樣的做法。

被師父坐在身上的我，越想越有道理。

幻櫻的實力就算是一百，而我的實力只有可憐的十，她足足強我十倍好了……那她的一百加上我的十，共一百一十的豪華數字，勢必能戰勝她本身的一百。

簡單來說……就是借力打力。

以彼之道……還諸彼身！

如此一來，絕無敗理。

沒錯——

幻櫻，是妳輸了！在贏過妳後，我將汲取妳的怪人之力，變得更怪，變得更強，然後強到足以在下次的會晤……拯救風鈴。

我柳天雲已經看到了，妳唯一的弱點破口！

面對不合理的世界、不合理的師父，我的戰意熊熊騰升而起。

如果我能分裂出一個分身，從旁觀者的角度觀望己身，想必能看到自己身上燃燒著決意的火焰。

於是我趁著這股氣勢，馬上出擊！

「我說啊……幻櫻，妳其實也不過……」我話說到一半，卻被突兀地中斷。

幻櫻將我的頭按進土裡，「你真囉嗦。」

「幻櫻，我柳天雲……」我努力將頭頸從土裡抬起，剛說了六個字，卻又被加力按進土裡。

「之前說過好多次了，叫我師父，不要直呼人家的外號。」

原來被按進土裡的原因是這個嗎！

「師父，您不是徒弟的對手。」

我終於把話順利說完。

但「師父，您不是徒弟的對手」這句話一點氣勢也沒有啊啊啊啊啊啊！

絕望啦！

對這個孤獨者之王也發揮不出氣勢的世界絕望啦！

「呼嗯，我不是你的對手？」幻櫻好奇地問：「你打哪來的自信呀？弟子一號。」

「請先讓徒兒起身，徒兒再與師父說話。」我恭敬地道。

幻櫻依言從我身上爬起。

我一跳起立刻發出大笑，天高任鳥飛，海闊任魚躍，只要我雙腳踏地，施展出借力打力的巧妙法門……孤獨者之王將再無畏懼！

「我說啊，幻櫻。」退到幻櫻拳頭的攻擊範圍外，我直呼其名，遙遙道：「還記得妳之前說過的話嗎？」

「……我記得自己說過的每一句話。」幻櫻似乎想看弟子一號打算變什麼把戲，耐住性子回答我。

「為了讓輕小說實力進步，得到晶星人的願望……在之前，妳說過：『按照美少女遊戲的慣例，要達成後宮結局，通常有好感度必須均等地刷高這個前置條件。』這句話，是不是？」

「是。」幻櫻簡潔地承認。

「現在我已經攻略完沁芷柔，又得到了風鈴，這兩名美少女的好感度，已經刷到定值之上了，是不是？」

幻櫻微愕道：「是。」

「所以，如果照妳的『美少女後宮結局條例』，我這時候必須繼續均等地刷高好感度，是不是？」

幻櫻臉色微變，終於有了猶豫，卻還是道：「是。」

我朝著幻櫻露出微笑。

微笑越來越開，最後變成仰天大笑。

那笑，是笑幻櫻的天真。

也是笑自己的後知後覺。

原來……擊敗幻櫻這個魔王的勇者之劍，一直都藏在我的行囊中，只是我沒有發現而已。

我如同將寶劍探出那樣，將手臂筆直抬起，右手伸出一根食指，氣勢十足地指向幻櫻——

「所以了，幻櫻。

「妳就是後宮裡的第三名美少女！

「我要刷高妳的好感度！」

幻櫻臉色大變，正要說話，卻被我截住了話頭。

「身為師父，為了贏得晶星人的願望，給弟子攻略本去攻略美少女，這是天經地義的事！」

我彷彿要將這些日子以來所有的苦、所有的痛，一口氣宣洩出來……經歷過的苦難在這瞬間，全部化為我進攻的動力，將勇者之劍轉換成言詞不斷擲出，並清楚看見幻櫻魔王的血量正在減少。

幻櫻的臉色因尷尬而漲紅，我趁機主動走近她，在她肩頭一拍。

「給我吧。」我在她耳邊輕聲道。

「給我……攻略妳的攻略本。」

「……」

幻櫻依舊不說話，俏臉卻緩緩低了下去，雙眼滿是無法置信。

「給我吧……攻略本……專門用來攻略妳的攻略本！」彷彿催眠病人的魔術師般，我以輕而縹緲的語調重複道。

「之前約定好了，如果敗給我這個弟子一號……妳什麼都聽我的。如果攻略本不起作用，那妳等於敗給了我……又或妳現在放棄智戰，惱羞成怒動手揍我，就是承認身為詐欺師的自己……不如我這個弟子一號，那也是敗給了我。

「如果妳的攻略本起了作用，身為被我攻略下來的後宮，妳也必須聽我的話，否則就不算真的攻略成功。」

……也就是說。

不管攻略成功，抑或攻略失敗……在實質上，我都戰勝了幻櫻，邁向「幻櫻必須聽我的話」這個結局。

在那之後，當然我會要她吐出晨曦的下落。

天才詐欺師少女．幻櫻唷——

妳已經被我逼上了絕境，或者說……妳被自己逼上了絕境！

「詐欺師少女唷，還是說……妳想承認自己不是美少女？沒有資格與沁芷柔或風鈴……以美貌一較高下？」我拖長了語調，每一句的語氣都帶著激怒別人的功效。

「那、那個，我……」幻櫻的臉越來越紅，雙眼飄來飄去，徬徨無助的模樣讓人看了有些心疼。

最後她低下頭去，不言語了。

「嘎哈哈哈哈哈哈哈哈哈哈……」知道勝利就在眼前，我忍不住放聲大笑。

眼看幻櫻被我笑得頭越來越低，過去被師父所欺壓的弟子一號，終於有了揚眉吐氣的一刻，我忍不住挺起胸膛，越笑越大聲……越笑越長久。

「哈哈哈哈哈哈哈哈哈……」

我正笑到一半，忽然覺得有些怪異。

……有一道不屬於我的低笑聲，跟我的笑聲重合了，導致產生怪異的陌生感。

於是我閉上嘴巴，安靜下來。

「哈哈哈哈哈哈……」那笑聲卻依舊在持續，越笑越是愉悅，越笑越是猖狂，

「哈哈哈哈哈哈哈哈哈哈……」

幻櫻已經抬起頭來，笑聲竟然是她所發。她以雙臂環抱住自己，全身都在強烈顫抖，一邊發出笑聲，臉上爬滿強烈的興奮，潮紅不已。

「有趣……有趣……有趣……有趣……有趣！」她的聲音比平常拔高了幾度，臉上有著近乎妖豔的潮紅，大違平常的行為舉止，讓我的心蒙上一層陰影。

就像終於得到心愛玩具的小女孩那樣，她的快樂非常好理解。

她強烈渴望被弟子一號逆襲。

現在願望終於得到滿足，她興奮到完全無法控制快樂的情緒，甚至發出了類似我的大笑。

「吶，弟子一號，你終於……終於成長到足以違抗我的地步了呢……」她輕柔的話聲帶著抖音，即使已經緊緊環抱住自身，強烈的震顫依舊讓她無法平穩地說話。

「有趣有趣有趣有趣有趣有趣有趣有趣有趣有趣！」

幻櫻越念越快，不斷重複著「有趣」這兩字，同時上下打量著我，最後輕輕一舔櫻脣，往前移動，將嬌軀緊貼在我身上，我能感覺到她發燙的體溫。

她將小嘴湊到我的耳邊，輕聲開口。

「不用攻略本了。吶，弟子一號，我就成為你的後宮吧——因為，詐欺師幻櫻，

讓其自願，就是最好的攻略法門。」

幻櫻吐氣如蘭，呵在我耳邊的氣息讓我耳朵感到搔癢。

「我想看看……好想好想，看你到底會成長到什麼地步……咯咯咯咯，好有趣，光想到就好有趣！」

她繼續說了下去：「弟子一號，你這麼努力，這麼拚命，就是為了得到晨曦的下落……我說對嗎？」

我聞言一凜，繼續保持沉默。

「……很可惜，就算我成為你的後宮之一，除非你獲得了晶星人的願望，否則……我還是不會告訴你晨曦究竟是誰。而且即使成為後宮，我也不會聽你的話，弟子一號還是要對我保有師父該有的尊敬。」

……我皺眉。

幻櫻繼續說道：「弟子一號，如果你想抗議我不守承諾，那我會非常高興。就像女人的眼淚是最好的武器那樣，騙人也是詐欺師的專利吶……懂嗎？

「但是……區區一個弟子一號，這次能對我做出反擊……我很高興，所以人家會給你應有的獎勵。」

幻櫻稍稍遠離了我半步，與我互望。

她滿臉通紅，媚眼如絲，身上散發著誘人的少女體香，伸出雙手勾著我的脖子，接著踮起腳尖，將臉龐湊近，近到我能數清她有幾根眼睫毛。

「……嘴巴嘟起來，弟子一號。」

彷彿全身的血液一口氣衝上腦海，我感到微微發暈，還來不及反應，她天藍色的雙眸，已經帶上了狡猾的笑意。

接著……

幻櫻的臉蛋再次接近，將與我之間的距離拉至零。她柔軟的嘴唇，緊緊與我的嘴唇貼合。

灼熱的呼吸直吹到我的臉上，我感到滿臉發燙，熱得比過去任何一次感冒發燒都還要難受。

……就生理學上來說，這應該叫做接吻。

但對我與幻櫻之間的意義而言，以接吻來形容，太過簡單，也太過純粹。

師徒孽緣的見證。

怪人之間的烙印。

詐欺師之王與孤獨者之王的盟約。

這三種是我所想到的最佳形容，至少比接吻這個辭彙要帥氣很多。

嘴唇相貼約二十秒過後，幻櫻稍稍拉遠了距離，對我發話。

「閉上你的眼睛。」

「？」我一愣。

「閉上眼睛啦！接吻時四目相接什麼的不是很奇怪嗎！」幻櫻嗔道。

詐欺師本該傲氣十足，但眼前的少女滿臉通紅，氣息中又帶有初戀般的羞意。原本矛盾的兩種型態，在她身上卻如水乳交融般，組合出獨屬於幻櫻的型態。

而她狀似索吻的行為，讓我心裡百感交集。

這是我的初吻，很多人都說初吻是檸檬味，但我嘗到的是淡淡的甜味。

之前我就已經推測過——或許怪人之所以會成為怪人，正是因為擁有不同原因形成的寂寞，追求著難以企及的思願，一日復一日，強烈的憧憬逐漸轉化為失落，進而讓怪人越來越怪。

如果我的想法沒錯，幻櫻一直在等，等著過去從未出現過的詐欺勁敵。

之所以會看中我，一邊裝傻一邊接近，強行收我為徒，應該不止是看中我寫輕小說的才能……同時也是中意我的奇怪個性，因為就各種層面上來說，只有怪人能夠出奇制勝，進而打敗比自己更強的人。

——所以，在我終於做到、小小地反擊了一把後，幻櫻才會如此興奮難耐。

幻櫻又貼了上來，第二次對我執行烙印與盟約。

……我閉上雙目。

接連應付完風鈴跟幻櫻，我感到筋疲力盡。

我索性找了個地方休息到中午，打算吃完東西後，下午再去菁英班上課。

等到豔陽高掛天空，午餐時刻終於到來，我便動身前往學生餐廳。

剛跨進餐廳，我立刻發現裡頭瀰漫著低迷的氣氛，用愁雲慘霧來形容也不為過。許多學生手裡捧著一碗被稀釋到不行的粥，愁眉苦臉地一口一口吃著。

不時有人發出抱怨——

「每個人一碗稀粥，這不是要餓死我們嗎？」某個學生道。

「別抱怨了，聽說昨天晚上菁英班成員對決Y高中的三名代表，纏鬥許久，惜敗給對方，我們只是運氣不好罷了。」另一人道：「只要忍耐一個月就行。」

「是啊，而且聽說剛好抽到了對方擅長的題目，桓紫音老師給出保證，下次一定能贏。」

……昨夜被怪物君輾壓的事情，似乎被校方巧妙地掩飾過去，不以「不戰而敗」這種說詞對外公布，而將戰況形容為「拚盡全力戰鬥後惜敗」，這樣更容易對其他學生有個交代。

大人果然都相當狡猾。或者說……正是因為這樣，所以才能成為合格的大人。

我東張西望，正打算觀察稀粥要去哪裡領取時，卻發現餐廳角落有人對我招手。

「……零點一，來這裡。」是桓紫音。

那是用幾張桌子拼成的長餐桌，我走近後，發現大部分菁英班學生都在這，而且桌上的食物與其他學生也不相同。

吐司、果醬、白飯、鮪魚罐頭，分量還算不少，雖然仍是十分寒酸，不過比起其他學生的一碗稀粥，相形之下好了百倍。

在之前我就知道，進入菁英班可以享有更多資源，不過差距大到讓我有些驚訝。或許這也是促使下面的學生努力寫作的手段之一，而菁英班的學生害怕被擠下，就會拚命進修，形成兩者間的競爭循環。

許多學生都偷偷瞄著我們桌子上的食物，不斷吞嚥口水，像尋不到獵物的鬣狗那樣，露出混著飢餓與渴望的眼神。

我坐下，拿起吐司開始吃。

吃著吐司，我不禁想起了沁芷柔。沁芷柔跟風鈴都不在這，應該是有親衛隊成員送餐點給她們。

幻櫻也不在，一貫的神出鬼沒。

「喂，零點一。」這時桓紫音將椅子拉近我，先以瞪視做了個招呼，「汝早上竟然又蹺課，膽子很大嘛。」

「……抱歉，發生了危及到我性命的急事。」我說道。

接著桓紫音展開了長達十分鐘的說教轟炸，說明我這個眷屬能夠聆聽闇之福音究竟有多麼幸運，再這樣下去她就不會給我「闇・維希爾特・玫瑰一族」的認可。

其實我一點也不想要闇什麼玫瑰一族的認可，表面上卻唯唯諾諾地敷衍過去。

「……說教就到這邊，下次別再犯了。」桓紫音喝了口水，話頭忽轉，「對了，零點一，吾很好奇一件事，只是一直找不到時機說。」

「什麼事？」我大口吃飯。

「汝肯定會超能力對吧？」

「超能力？」我順口回答：「不會啊。」

我本來以為桓紫音只是隨口開玩笑，所以也只是隨口回答，不料……在我回答不會後，桓紫音馬上目瞪口呆。

「不、不可能！像汝這種除了會寫一點輕小說之外毫無長處、長得不起眼、個性又怪的卑微人類，如果不用超能力之類的下流手段，到底是怎麼追到乳牛……沁芷柔的？」

妳到底有多瞧不起我！

我急於答話，卻不小心嗆到，猛烈咳了一陣，才恢復說話能力。

我雙手交叉於胸前，「那當然是靠著我柳天雲……強大的個人魅力！」

「所以說……那個個人魅力在哪？」桓紫音單睜著赤紅之瞳，朝我上看下看，「吾完全搞不懂乳牛的喜好，比闇之寶典還難理解。」

妳搞不懂很正常，誰會料想到沁芷柔其實是設定系少女，還是戰鬥力破萬的怪人。

桓紫音提起我跟沁芷柔在交往的事，我霎時間想起一件非常重要的事。

……我跟沁芷柔在交往。

咳咳

……但風鈴也同意了我的告白。

……幻櫻又答應成為我的後宮。

如此一來，我現在豈不是有三個名義上的女朋友嗎！

而且都是校園級的美少女。

之前我與沁芷柔被發現在交往時，無數人就哭天搶地，甚至有人放話要暗殺我，然而……

然而，若是被其他不明就裡的學生以為，我柳天雲腳踏三條船，而且這三條船分別是沁芷柔、風鈴、幻櫻時……會發生什麼事？

思及此，我不禁全身一縮。

不行……不行！

必須未雨綢繆，先行杜絕後患！

現在馬上去找風鈴，跟她說必須保密，這樣我的安全就能得到保證。

我把吃到一半的東西幾口吞下肚，急忙起身，就要快步朝學生餐廳門口衝去——

而這時，餐廳門口處，忽然起了一陣騷動，大量人潮將門口擠得水洩不通。

「？」

……再仔細一看，那些堵住門口的人潮，全都是女學生。

如同排演已久的軍隊般，那些女學生在進入餐廳後，迅速排成整齊的兩列，並在中間留下一條寬闊的通道，接著開始鼓掌。

熱烈的掌聲響遍了學生餐廳，在掌聲來到最高點時，兩列人牆的通道彼端，出現了兩道身影。

那兩道身影，一左一右，並肩而行。

左邊那人，一頭銀色長髮，身材嬌小，容貌清麗，臉上帶著惡作劇得逞的微笑。

右邊那人，綁著紫色雙馬尾，身段迷你，清純可人，在眾人的鼓掌聲下，看起來有些膽怯。

……幻櫻，風鈴。

兩名美少女的現身，立刻在餐廳裡引起騷動，大部分人都起身想看風鈴一眼，甚至有人為了一睹芳姿，站到了椅子上。

風鈴平常現身的機會遠比沁芷柔要少，而幻櫻更是最近才拋頭露面，餐廳內隨即展開熱烈的討論。

「是風鈴大人！她竟然肯來餐廳露面！」

「果然風鈴大人還是那麼漂亮，是我們的女神跟信仰啊！」

「沒錯，就算沁芷柔大人被柳天雲那混蛋騙走、蒙蔽了雙眼，我們也還有風鈴大人能當心靈支柱！」

「……說得好！」

餐廳另外一處也傳來類似的話聲。

「話說風鈴大人隔壁的那是誰？長得也好可愛。」

「聽說叫做幻櫻，是上禮拜才轉來的插班生。」

「幻櫻不是傳說中那個詐欺師的外號嗎？」

「應該是巧合吧？或是崇拜對方之類的。」

「不管她叫什麼名字，她可愛到足以成立第三支親衛隊，與風鈴大人跟沁芷柔大人分庭抗禮，我絕對要第一時間加入她的親衛隊！」

對於幻櫻，眾人接連給出了正面評價。

這樣子的情形其實很好理解，畢竟只看外表的話，她確實是個不折不扣的美少女，不遜於原先的C高中雙花，但沒想到這麼快就出現了一批忠實粉絲。

而飽受注目的幻櫻本人，微笑著朝餐廳裡所有學生揮手，展現出穩健的臺風。

她一隻手牽著風鈴，沿著不斷延伸出去的人牆通道，逐漸走到了餐廳的中心點。

有人群恐懼症的風鈴，到了人潮擁擠無比的餐廳，臉上掛著有些僵硬的笑容，一直保持沉默。

我看見幻櫻環顧整間餐廳，目光到處亂轉，最後……終於將目光停在我身上。

看見我這個弟子一號，幻櫻立刻雙眼發亮，並朝我燦爛一笑。

她明明笑得又甜又膩，卻讓我感到一陣悚然，獨行俠的求生本能瘋狂朝我示警，要我立刻逃離這裡。

被魔王之眼發現、注視，即使我躲在人群中，周遭的數百名學生依舊沒能帶給我半點安全感。

一般來說笑容是代表善意的行為，但如果笑的人是幻櫻，對象又是我，那結果究竟如何，就非常難以判別——畢竟捉弄弟子一號是這個名義上師父的最大愛好。只是門口被風鈴親衛隊成員給擋住了，我根本無路可逃。

「……」事已至此，我試著沉住氣，替自己倒了一杯開水，慢慢啜飲。

沒錯，真正的厲害人物……即使面臨大敵，也能在談笑風生之間輕鬆應對，一邊喝茶飲酒順手對付敵人，那才是高人風範的體現。

所以……我柳天雲，當然也是這樣！

接著幻櫻從朝露手中拿過一支擴音器，拍打了幾下試音。被擴大過後的拍打聲，在整間餐廳裡隆隆迴盪。

幻櫻最後又望了我一眼，朝我眨眼送了個秋波。

……我轉開目光。

又等了一下，終於……幻櫻用擴音器開始發話。

「各位同學大家好，我是幻櫻——很高興跟大家見面！」

幻櫻笑容洋溢，「今天來到這裡，是有一件事想跟大家宣布，其實呢——」

她說到「其實呢——」就停了下來，笑吟吟地觀察了一下聽眾的反應，學足了政客演講流程。

……哼，裝神弄鬼。

我用鼻子發出一聲冷哼，拿起茶又開始喝。

「其實呢——我跟柳天雲同學開始交往了。」

「噗——」我含在口中的茶一口氣噴出，正好噴到桓紫音身上，她火冒三丈地抓住我，朝我大叫大嚷。

桓紫音非常憤怒，但她說了什麼話，我一句話也沒有聽清。

——因為在幻櫻話聲落下的那一刻，餐廳裡大多數學生慢慢回過了頭，雙眼暴突，遭青筋纏繞的臉頰赤紅，帶著彷彿要將我扒皮拆骨的憎恨感，死命瞪著我不放。

那些人，使我聯想起恐怖片裡被咬成喪屍的人類……不，或許比喪屍還恐怖，因為喪屍至少不會只追擊特定目標。

「柳天雲你這混帳東西，有了沁芷柔大人，竟然還跟轉學生糾纏不清！」有人怒喝：「到底要過分到什麼地步！」

「留一點希望給其他人啊！你這殺千刀的傢伙！」另一人怒道。

「我上次做了一堆詛咒草人，你這不是逼我在三天之內釘爛所有存貨嗎！」

餐廳裡，沁芷柔跟幻櫻的支持者對我發出譴責的聲浪，眾口一詞之下，我是百口莫辯。

不過——

幸好，餐廳裡仍有一群保持冷靜的理智派人士，發聲對我支持。

這些人非常好分辨，還鎮定地坐在座位上，慢慢吃著稀粥的那些人就是了。數量還不少，約有餐廳內三分之一的人數。

「我說啊，柳天雲要跟誰交往，是他的自由吧？」那些理智派道：「偶像被追走了就露出醜陋的一面，還真是可恥呢。」

那些活像喪屍的憤怒派，將矛頭稍稍轉向理智派，怒吼：「你們這些傢伙在說什麼……啊，我認出來了，你們是風鈴的追隨者！」

「是又如何？乖乖坐下吃飯，別丟人現眼。」理智派譏諷道。

好！非常好！

由於沁芷柔也被「傳聞中的風鈴」給誤導，所以相當討厭風鈴……受此影響，沁芷柔派系跟風鈴派系，會處於水火不容的敵對狀態，也是非常好理解的事。

如此一來，我只要利用這些理智派人士，就能打破這個四面楚歌的局面……從而離開牢籠般的學生餐廳！

「沒錯！我柳天雲難道犯了哪條校規，又或者哪條法律……讓你們有資格如此指責我！」我趕緊加入理智派一方，義正詞嚴地喊：「別搞不清楚狀況，我柳天雲沒有絲毫過錯！」

硬要找出有過錯的人，也絕對是那個讓我交了三個名義上女朋友的師父。

我柳天雲的氣勢本來就遠勝常人，此刻又隱隱成為了理智派的暫時領袖，領導他們對抗沁芷柔跟幻櫻派系的聯合軍。雖然我們的兵力處於下風，但是由於有我這個大將率領，進退攻守有度，雙方一時相持不下。

可行。

駕馭這股風浪……我柳天雲，能趁勢打出一個破口！

我已經看見了困境中通往出口的亮光！

「喝——衝啊——」

「殺——」

在腦力被催發到極限的剎那，我眼前出現了千軍萬馬的壯闊場景。

寬廣無垠的戰場上，炎熱的勁風不斷颳起大漠黃沙，而我身後率領著約莫五萬人的大型部隊，麾下部屬個個兵強馬壯，士兵穿著因戰事而處處磨損的甲冑，手中利器反射著森然亮光。

即使我明知這些士兵打著不屬於我的旗號，只是因為有共同的敵人，暫時聽我指揮……

不過，足矣。

以我柳天雲的將才……如此條件，完全足矣！

想像中的我，亦全身穿戴重型鎧甲，胯下騎乘類似赤兔馬的高大駿馬，氣力蓋世，舉世無匹。

而眺望戰場的彼端，敵軍竟然足足有十萬人馬……除了沒有大將這一缺點，在人數上，是我們這方壓倒性的不利。

「哼哼哼哼哼……哈哈哈哈哈哈哈哈哈……」面對一倍的敵人，想像中的我，感受十萬敵軍散出的戰意……卻放聲大笑。

「這豈不是……測試我柳天雲實力的最好機會！以弱勝強，以寡敵眾，才能顯出我柳天雲那所向披靡的逸才！」

我調轉赤兔馬頭，側過身子，朝著己方五萬軍隊，發出雄壯無比的巨吼。

「隨我……衝鋒！」

……

我的意識逐漸聚攏，回到了現實世界。

沁芷柔跟幻櫻派依舊對我抱持敵意，不過有許多人已經跟風鈴派系的人開始爭吵，針對我的注意力減少許多。

照我的估計，這種情況再持續個五分鐘，我就能趁著混亂脫身而出。

完美得天衣無縫。

絕對是無懈可擊。

哼哈哈哈哈哈哈……我在心裡無聲大笑。

「那、那、那個……」

就在這時，擴音器的聲音又從餐廳中心點再次響起。

但這一次，響遍整個餐廳的，卻不是幻櫻的聲音。

「？」我轉頭朝中心點望去。

然後看見了原本拿在幻櫻手中的擴音器，已經轉交到風鈴手上。

幻櫻笑容可掬，充滿鼓勵性質地朝風鈴……比出了大拇指。

彷彿從幻櫻那邊得到了信心，風鈴緊張地點了點頭，臉上現出堅毅之色。

不……

不要……

我見狀，雙眼迅速凝縮。

幻櫻……名義上的師父兼女朋友唷……妳想動什麼手腳？

「那個……那個！」風鈴滿臉通紅，結巴了好久，最後終於鼓起勇氣，道出關鍵性的句子。

「風鈴現在跟……柳天雲前輩在、在交往，所以、所以請大家不要再寄情書給我了，謝謝大家！」

……什麼!?

「隨我……衝鋒！」

在意識中的兩軍之戰，無垠的沙漠內，我率領五萬大軍，以如鬼似神的威勢與軍容，鐵騎帶起漫天風沙，往敵方衝去。

兩軍的距離迅速拉近。

——眼看我一馬當先，高舉武器，就要接觸到第一個敵人……

「背叛了我們呢。」

「背叛了我們呢……」

「背叛了我們呢！」

如怨靈般的呢喃聲，卻自我背後響起，起初聲音輕微，最後千千萬萬道呢喃聲化為巨大的響聲，在我耳中嗡鳴大作，我駭然回頭，卻看到了……

看到了，我所有的盟友，都咬牙切齒，面露猙獰之色，那表情……就跟眼前的敵人一模一樣。

一名馳馬最快的原部下，控馬到我身旁，用力一腳將我踢下馬背。

我滾落在地，勉強站起身後……注視著眼前的戰場。

……十萬敵軍，跟五萬原盟友轉化的新敵軍。

放眼望去，全是敵人。

「我柳天雲，出師未捷……身先死。」

在極端的絕望中，我將手中的武器鬆開，武器掉落在地，鏗然有聲。

「長使英雄……淚滿襟！」

……

意識飄回現實。

整間學生餐廳，所有人都以扭曲至極的表情，望著我這個褻瀆女神的混球。

已經是走投無路，即使是我柳天雲，在這種情況下亦束手無策。

眾志成城，他們聯合的怒火足以將我燃燒殆盡。我淒然一笑，明白今天過後，大概要在保健室住一個月以上，才能夠再次正常行走。

而幻櫻也在笑，笑得很美。我們隔著無數攢動的人頭，遙遙對望。

我望進她的天藍色雙眸，彷彿看穿了藏在笑意後的真實想法。

哪怕只是有過小小的勝利……我終於理解了與幻櫻接吻、讓她成為後宮之一的代價是什麼。

——贏過她後，名義上的師父，會搖身一變，成為更強、更無情的大魔王，給予不知死活的勇者試煉。

這是一場不分出高下，就不會結束的鬥爭……直到魔王踩在勇者的屍體上，又或是勇者將魔王收於麾下，沒有第三種結局。

她肯定欺騙了風鈴，並將學生餐廳變作戰場，所有學生做為麾下士兵，最後……只要等待我這個勇者踏入陷阱中，發動早已布置好的一切，就算手下都是只能對我造成一滴傷害的雜兵，以量制質，我柳天雲依舊得倒下。

四面八方的敵意，如潮水般湧來，有若實質擠壓著我，讓我感到呼吸艱難。

我替自己倒了一杯開水，一飲而盡。

「好酒。」我搖晃著空杯子，道：「只可惜……再也喝不到了。」

「那明明是水。」桓紫音吐槽道：「零點一，這種情況下，吾也保護不了你了。不如說，吾比誰都無法原諒花心的男人……雖然吾一點也不想要、不需要、不必要男朋友這種東西，不過看見汝這種花心大蘿蔔，吾就覺得渾身難受。」

花心大蘿蔔嗎？

似乎比零點一好聽些，我心想。

「哈哈哈哈哈哈哈……」

「哈哈哈哈哈哈哈哈哈哈哈……」

被逼到了極處，我仰天狂笑。

「我柳天雲就在這，你們全部一起上吧！」

隨著我話聲落下……

如喪屍般的數百名學生，一起朝我撲來。

「沁芷柔親衛隊聽令——保護柳天雲，讓他離開餐廳！」

就在我窮途末路的最後一刻，一道嬌脆的聲音響起，自餐廳入口的方向傳來。

沁芷柔穿著一襲潔白的巫女服，站在門口。與慶典中常見的應景巫女服不同，她穿著的款式更加正式，如果混進擁有巫女的古老神社中，遊客想必也分不出差異。

巫女服的顏色讓人聯想起冬日的大雪，衣服的邊緣處滾著紅邊，白茫茫中的豔紅起了集中視線的效果，讓人不禁將注意力投到沁芷柔身上。

即使是天生設計較為寬鬆的巫女服，前襟依舊被沁芷柔遠超同儕的胸部給高高撐起，腰間繫起的緋袴，將她柔軟纖細的腰肢曲線給勾勒出來。

我從來沒見過她穿巫女服。

對一般人而言，換衣服最多只是換換口味，對沁芷柔而言……更衣就是轉換設定，意義可是大不相同。

「別給我弄錯意思了，柳天雲。」沁芷柔雙手交叉抱在胸前。

「我才不是想救你，只是本小姐是個有恩必報的好孩子，如果你在『輕小說虛擬實境機中』救了某人一次的恩情，還沒有償還就莫名其妙死掉的話，本小姐會很困擾的。」

新的設定嗎？

從沁芷柔的話中之意判斷，她似乎是為了報恩，並且為了不混淆「設定之間不能共用情報」這點認知，刻意用某人這個詞將事情含糊帶過。

眼看沁芷柔似乎要救我，我不禁喜出望外。

這樣啊……這樣啊！看來老天爺的眼睛果然還是雪亮的，讓好人能有好報！

但在我向沁芷柔投去感激之情的同時——

她向我露出了「只有我能痛宰你」這樣的寒冷眼神。

彷彿與敵人爭搶獵物肉塊的雌獅，沁芷柔明明穿著聖潔的巫女服，背後卻出現了猛獸的幻影。

……原來她救我，只是為了親自對我出手。呼喚親衛隊接應，不過是想要有漂亮的搶人理由。

這是怎麼回事！我的人生之路如此泥濘難行，難道是從出生那一刻起，就被設成地獄修羅模式了嗎！

而沁芷柔親衛隊聽到她的命令，頓時群情激憤。

「沁芷柔大人，這個混球腳踏三條船……不能救啊！」

「我恨不得揍扁他！」

「柳天雲必須死！」

……

沁芷柔不耐煩地道：「吵死了，本小姐說救……那就救，哪來這麼多廢話！」

親衛隊聞言，都是一頓，臉上露出挫敗的表情。

但對於他們來說，沁芷柔就是神，甚至比眼睛一點都不雪亮的老天爺還值得信仰，所以他們在掙扎過後，將怨氣投向了夥伴以外的人，忠實執行命令。

「殺啊！」

「衝！」

「昨日之敵，或許是今日之友」這句話說得一點也沒錯。在沁芷柔親衛隊的奮力開路下，我拚命往餐廳出口處跑去。

不過，沁芷柔親衛隊的戰力，依舊小於其他兩派聯手。我剛越過大半個餐廳，就被二十幾名表情扭曲的男學生結成人牆擋住，竟然無法再前進半步。

就在這時，我的左邊跟右邊各出現　名拿著竹劍的少女，她們邁步前踏，與我並肩而行。

夜藍、朝露，強悍的劍士姊妹。

「柳天雲大人，屬下來遲了。」左邊那人是夜藍，「風鈴大人雖然掌控所有親衛隊的指揮權，可是被這場面嚇壞了，結結巴巴說不出話，所以我們姊妹來救大人。」

即使面對這麼多的敵人，她們依舊打算跟我站在同一陣線嗎？

「藍藍路，妳們……」我很感動。

「才不是藍藍路……是也。」朝露道：「柳天雲大人，好好跟緊我們！」

夜藍跟朝露舉劍前衝，將手中武器舞成一團光影，劍氣縱橫，竟然用竹劍將人牆硬生生破開，一名又一名男學生被打得飛出。

我追在後面看著她們表演劍技，最後有些呆滯。

太強了，強得離譜。

其實沁芷柔不用救我，光靠這對雙胞胎姊妹，我就能殺出生天。

最後在眾人合力之下，我終於逃出了學生餐廳。

沁芷柔已經在餐廳外面等我。

夜藍跟朝露流下幾滴汗，微微喘氣，立於我的兩側。

在學生餐廳前的瓷磚廣場，處於正中午的太陽底下，我們三人站成一個「品」字形，夜藍跟朝露擋在我身前，與巫女模式的沁芷柔面對面。

「本小姐記得……妳們是風鈴的部下吧。」沁芷柔瞧了她們一眼，道：「人已經帶到，妳們做得不錯，可以走了。」

「沁芷柔大人，請恕在下無禮。」夜藍猶豫了一下才開口：「一般人或許不瞭解，但在我跟朝露眼裡看得很清楚，您的步伐、呼吸氣息都是強大的武者才能擁有的，而且您眼中隱隱帶著殺意，如果我跟朝露走了……柳天雲大人的後果不堪設想。」

「必須保護柳天雲大人……是也。」朝露也道。

劍士姊妹完全是蘿莉身段，手中的竹劍就有她們大半的身高，但她們面對強大的沁芷柔，竟然毫不退縮。

沁芷柔皺眉，「妳們為什麼要保護他？」

夜藍道：「柳天雲大人跟風鈴大人在交往，我們不能讓風鈴大人難過。」

她話剛說完，沁芷柔想也不想，立刻回話：「柳天雲，其他人也就算了，我不准你跟風鈴那狐媚又氣人的傢伙交往！」她似乎對風鈴的誤會非常深，冷冷說：「就算我們之間只有畸形的關係也無所謂，總之你已經先跟我在一起了，那一切就是我這個女朋友說了算。」

妳少說了四個字……「名義上的」女朋友。

正中午的豔陽。

弱到無法散去熱意的微風。

劍士姊妹的緊張。

沁芷柔的怒火。

這個世界讓我產生了不真實的感覺，明明在幾天之前，我還是個普通的獨行俠，現在卻一再被逼到刀尖上跳舞，一墜落就會被狠狠刺穿身體。

以不容拒絕的鄭重語氣，沁芷柔認真道出了決定性的句子。

「柳天雲，現在你已經是全校公敵，人人喊打，堪比被公布肖像的通緝犯。

「為了不被風鈴那婊……那女人搶先，並讓我能順利體驗更多輕小說中的展開，本小姐有個提議……嗯，應該說命令──」她深吸一口氣後，才緩緩開口。

「從今晚開始……你就搬來教師宿舍跟我同居，一舉一動都得經過我的同意！」

第七話　要聽老師的話

在藍藍路二人組的幫助下，我勉強脫身，不過我從來沒有那麼擔心過晚上的來臨，雖然現在日正當中，不過離夜晚也只剩下幾個小時。

目前的情況，慘不忍睹、慘不堪言……一切含有「慘」字的形容詞，大概都適用在我身上。

我最近的人生就像一輛失控的雲霄飛車，在軌道上連跑了三天三夜，將自己跑得暈頭轉向，吐得稀里嘩啦。

而且咻一聲跑出了軌道，自人生的高空墜落，摔得粉身碎骨。

現在是菁英班的下午最後一堂課，課程結束後就會迎來放學。

所有人面前都放著一疊稿紙，試圖寫出桓紫音給出的短篇小說題目。而桓紫音本人不在教室內，跟師長群開會去了。

餐廳事件過後，風鈴也終於肯來菁英班露面。這是菁英班二十人首次齊聚聽桓紫音講課，她十分欣慰，離開前念了一大串跟闇之福音有關的中二病臺詞。

而夜藍跟朝露在經過桓紫音的考驗後，被以旁聽生的身分，特許跟著風鈴一起上課。

整間教室裡，包含我在內，有十九人正拚命寫著輕小說。桓紫音給的時間並不充裕，哪怕我們馬不停蹄地寫作，直到最後一堂課，我們大多數人才寫到收尾階段。

我其實有點慶幸桓紫音給的功課量繁重，讓沁芷柔一時忘了找我算帳。只有幻櫻拿著一顆鮮紅的大蘋果，一口一口慢慢啃著，悠哉無事。

幻櫻以一節課的時間，寫完了該用四節課長度來完成的短篇小說，寫作速度相當驚人。

她此時坐在我前面的椅子上，回過身來看著我寫作。

「真好呢，弟子一號。」幻櫻笑咪咪的。

「哪裡好了？」我忙到沒空看她。

「被美少女給團團包圍，難道不好嗎？」

我坐在教室後方倒數第二排的位置。

確實如她所說，現在風鈴坐在我右邊，而沁芷柔坐在我左側，藍藍路二人組坐在後面，我的前後左右都有美少女就座。

不過我一點也開心不起來，有種被豺狼虎豹一起圍住的感覺。

幻櫻繼續咬著蘋果。

「妳哪來的蘋果能吃？」我忍不住問幻櫻。大多數學生可都在吃稀粥。

「我第一個寫完，桓紫音看完很滿意，所以她就給我蘋果吃。」

「我說啊……那個誰，本小姐現在在忙，妳可以不要一直回過頭來嗎？」換回校服的沁芷柔停下筆，有些不悅，「想跟男生交談的話，菁英班不是還有很多選擇嗎？」

「我只有這一個徒弟。」幻櫻笑道：「難道我不能跟自己的徒弟交談嗎？」

「啪」的一聲，沁芷柔手中的鋼筆被從中捏斷，她像倉鼠那樣鼓起了臉頰，狠狠瞪我，彷彿這是我造的孽。

於是沁芷柔搶走了我的筆，拿去寫作。

我默默打開鉛筆盒，發現裡頭除了立可白之外空空如也，已經是無筆可用。

「前輩……請用。」風鈴細心地注意到我的困境，適時遞來了一支原子筆，朝我露出溫暖的微笑。

我的心弦，被風鈴可愛的笑靨給撥動，頓時產生心靈受到治癒的感覺。

女神。

根本是女神啊！

我要收回「被豺狼虎豹一起圍住」這句話，至少我右邊的風鈴是正常人……

不，是超越正常人的和平女神化身。

我接過筆，朝風鈴點頭致意，她臉蛋一紅，害羞地低下頭去。

我伏桌繼續寫作，照這速度，在放學前絕對來得及交差。

但左方再次傳來「啪」的一聲。

「哎呀，真糟糕，本小姐又不小心弄斷筆了。」

說著拙劣無比的藉口，沁芷柔再次搶走了我的筆。

「前輩……風鈴這裡還有。」風鈴又遞來新的原子筆。

啪！

「柳天雲，筆拿來。」

這次沁芷柔連藉口都懶得找。

「前輩……」

啪！

「前輩……」

啪！

「前輩……」

啪！

周而復始。

「……」我再也忍耐不住，正要開口吐槽時，後面卻傳來藍藍路姊妹的交談聲。

「朝露，傳風鈴大人的命令下去，收集一萬支原子筆過來。」

「好！開戰了……是也！」

我扶住額際，深深的無力感湧上心頭。

別因為這種小事開戰啊！

妳們這些人到底有多無聊，怪人也要怪得有限度啊！

我柳天雲一向自詡為戰鬥力破萬的怪人，但在這群殘念美少女的包圍下，我忽然覺得自己好像沒有多怪。

因為筆一直被奪走，我根本無法寫作，我正要開口阻止這些傢伙，讓她們收斂一些時……

這時候，沁芷柔忽然面色嚴肅，不再折斷手中的筆，轉而露出思考之色。

哼，終於意識到這場折筆大戰有多蠢了嗎？

雖然是個設定系少女，不過果然還是有得救。

「糟糕……」

我離沁芷柔距離極近，聽見了她的低語聲。

「如果折斷一萬支筆，本小姐的手指會不會長繭？」

……原來妳擔心的是這個啊！

給我擔心一下其他方面啊，例如妳們身為少女的下限與節操之類的東西！

沁芷柔轉向風鈴，與她交談了幾句後，似乎將風鈴不知如何回話的微笑，誤認為不屑回答，一怒拍桌站起。

藍藍路二人組抽出了腰間竹劍，氣氛瞬間變得劍拔弩張。

我知道沁芷柔身上穿著校服，以校園偶像模式不會真的打起來，卻仍盡量裝作面無表情，避免因為坐在爭執的中心點，而遭受池魚之殃。

「沁芷柔大人難道認為能以一敵二……是也……」朝露凝劍而立。

「次級人物走開，叫那個一臉媚態的 Bitch 來跟本小姐說話！」

「咦咦？一臉媚態的 Bitch……？我、風鈴……」風鈴十分慌張。

我們幾人被困於折筆大戰的戰爭中，而幻櫻卻坐山觀虎鬥，美滋滋地吃著她的蘋果。

看到有趣的地方，她還「噗哧」一聲笑出來，一點良心都沒有。

……這才是菁英班齊聚的第一個下午啊，妳們剛見面就能吵得不可開交。

「哼，說穿了，妳是為了讓本小姐生氣，所以刻意討好柳天雲的對吧？」

「風鈴沒有……這樣想……」風鈴越說越小聲。

「朝露，快去發布收集原子筆的命令！」

「馬上去……是也……」

我看了看幻櫻，並依序將沁芷柔、風鈴、藍藍路姊妹也看過一遍，最後仰頭靠著椅背，嘆了口極長極長的氣。

隨著嘆氣聲，我的記憶飄回到多年前……

還記得小學四年級時，在一堂自修課上，年屆而立的男班導師曾經以閒聊的語氣，對我們提出問題。

「我說啊，你們將來想成為什麼樣的人？」

班導師手指連點，快速問了十幾個人，都獲得相當現實的答案，而非上宇宙打怪獸之類的幻想。

他聳然動容。

「看來我果然是教導有方！」他一隻手按在教師講桌上，另一隻手緊緊握拳，略帶激動地道：「你們是我有史以來教過最成熟的一批學生！」

班上的同學臉上都露出開心的表情。

在幼年期的時候，幾乎每個人都想要提早長大，渴望以平等的姿態，獲得大人的認同——現在得到班導師讚譽「成熟」，就算只是填不飽肚子的一句閒話，也讓教室內數十張稚嫩的臉孔，散發喜悅的光芒。

班導師笑得合不攏嘴，接著手指依之前的動作，朝著教室角落再次一點。

「你呢，柳天雲？」

在班導師的呼喚中，我拉開椅子，站起身來。

在一群歡欣鼓舞、自認為是「小大人」的同學注視下，我毫不猶豫地道出了早就準備好的答案——

「我想成為主角。」

「……什麼？」班導師瞪大雙眼。

「我想成為主角。」我堅定地重複一次。

「呃……」當然，他不愧為老練的教師，過了幾秒，迅速找出了解除尷尬的說法：「柳天雲，你是說成為自己人生中的主角嗎？破除風浪、不畏艱苦的……」

「不！我所謂的主角，是能在一群美少女之間，迅速成為中心人物的主角！」我迅速道：「最好人數多到能組起女子棒球隊，全都要溫柔可愛聽話的那種！

「對了，既然身為主角，我的個性也要夠霸氣，希望是無所不能！」

在有些模糊的幼時印象裡，全班都被我的前衛看法給驚嚇到，當天的家庭聯絡簿，老師寫上了「請多關切柳天雲這孩子的成長」這行字。

「風鈴大人，這是第一批送來的筆，足足有一千支！我們跟沁芷柔大人拚了……是也。」

「哼，用箱子搬來了一大堆筆，妳們難道以為本小姐會因此退縮？」

「風鈴……風鈴覺得這樣子不太好，我們和平共處好嗎？」

「來不及了，妳這裝模作樣的狐媚女！」

「嗚……」

「欸，弟子一號，你覺得桓紫音老師值得攻略嗎？」

教室內充滿少女的吵鬧聲。

……小學時期的柳天雲，我有話要對你說。

長大後，我確實成為了一群美少女的中心點。但即使我付出了相當程度的努力，現在也還是一點都不霸氣，整天被拉來扯去跟狠揍。

而且比起主角這個職位，與其因為跟她們交往而受到生命威脅，現在的我……寧願成為路人甲。

「吾很生氣，吾非常生氣！」

放學後，我跟沁芷柔、風鈴三人，維持正坐的姿勢，低著頭，聽桓紫音發洩怒氣。其餘學生早已離開教學大樓準備用餐，視聽教室內只聞桓紫音的罵聲。

正坐對於不常使用的人來說，其實是一種非常累人的坐姿，必須將臀部置於腳踝，上身挺直，雙手放在膝上。正坐了五分鐘後，我就感到雙腳發麻。

從沁芷柔偷偷挪動臀部的情況看來，她也與我同病相憐。沁芷柔雙眼一斜，發現我在看她後，哼的一聲，立刻偏過頭去。

唯獨風鈴坐得四平八穩，就像早已習慣這種坐姿似的。

桓紫音氣沖沖地在我們三人面前不斷徘徊，口中亦念個不停。

「汝……風鈴，菁英班第一名！」她一指風鈴。

「汝……乳牛，菁英班第二名！」又一指沁芷柔。

「那個……呃，玫瑰皇女，我叫沁芷柔。」沁芷柔委屈地提出正名申訴。

「汝……柳天雲，菁英班第三名！」

「不要無視人家啦！我叫沁芷柔！」沁芷柔又氣又急，「那邊的狐媚女胸部也很大呀，為什麼只叫我乳牛！」

桓紫音還是不理沁芷柔，臉罩寒霜，繼續說了下去。

「汝等三人，為菁英班目前最高戰力，很可能也是C高中最強的戰力……

「但吾今天開會回來，整個菁英班，偏偏就是汝等這三個臭小鬼，交不出課堂交代的短篇輕小說！這成何體統！下個月若是再戰敗，C高中的覆滅就在眼前，難道汝等沒有半點警覺性！」

……桓紫音雖然口舌不饒人，說的倒也都是實話。

我們已經沒有退路了。再退……就會跌落萬丈深淵，學校裡勢必會有人餓死。

正因為明白事情的嚴重性，所以哪怕我們平常是多麼任性的怪人，依舊抱持懺悔之心，乖乖忍受雙腿發麻的痛苦，安靜地聽著桓紫音的指責。

桓紫音接連換了五種方式來說教，等她終於說完後，已經過去了半個小時。

「罷了，吾口渴了，先說到這裡。」她終於打算將說教轟炸告一段落，打開隨身的保溫瓶喝了口水。

於是我們獲得起身的許可。

風鈴第一個站了起來，而我跟沁芷柔則坐倒在地，捶著發麻的雙腿。

看著我們不爭氣的模樣，桓紫音又搖了搖頭，表達她的不滿之意。

「對了。」桓紫音道：「剛剛校方開了評議會，決定要成立一個小型寫作社團。」

「那是什麼東西？」我問道。

「就是放學後，額外再進行寫作練習的社團。」桓紫音解釋，「當然社團負責導師是吾，而成員也已經決定好了。」

「哦，那很好啊。」我輕輕按著腳底，還在跟又刺又麻的感受對抗。

「成員是柳天雲、風鈴、幻櫻和乳……沁芷柔。」桓紫音總結道：「最後再加上我這個導師，一共五人。」

「等一下！」我一聽之下，立刻開口。

「等一下！」沁芷柔與我異口同聲地說。

「？」我看了沁芷柔一眼，她也望了我一眼。

但沒想到我們接下來，又是同時搶著開口。

「這決定也太突然了吧？」我續道。

「既然知道我叫沁芷柔，就別一口一個乳牛呀！」沁芷柔尖喊。

「吾感受到了汝等對於進入社團的興奮與期待，不過稍安勿躁，先讓吾休息一下。」

妳到底從哪一段話聽出那兩種感受的！

桓紫音根本不理會我跟沁芷柔在說些什麼，休息了片刻後，蠻不講理地道出結論。

「幻櫻那邊我已經先行通知了，總之呢……汝等必須為怠慢付出代價，日後以更加出色的表現來將功贖罪。

「半個小時後，教學大樓頂樓，樓梯口右邊第一間教室集合。」

半個小時飛逝而過。

桓紫音所指定的教室，入口掛著「合唱部」的門牌，裡頭比一般教室略大。這似乎是幾年前合唱部的教室，只是後來因人數過少而廢除，現在場地則被桓紫音霸占做為寫作社團的用途。

在清掃過後，我們將合唱部的舊物移開，並從樓下搬來幾張課桌椅，社團教室終於粗具規模。

「好，既然大家已經合力打掃完了，那就進入正題。」桓紫音也得到了一張教師用講桌，她手按在桌子上，氣勢十足地宣布。

但我聽了她的發言，卻忍不住開口吐槽。

「什麼合力打掃啊！從頭到尾只有我一個男生在動手吧！」

「零點一，汝真囉嗦，吾等不是也待在一旁看嗎？」

「妳所謂的合力就是看著我獨自打掃嗎！」

「好，我們不要理會零點一，直接進入正題！」

幻櫻跟沁芷柔發現我遭到冷落，竟然看起來很高興，都將右手舉起，發出「喔——」的一聲響應桓紫音。

只有風鈴雙手合十，面朝我做出無聲的道歉。

「從今以後，這裡就是輕小說寫作社團的闇黑殿堂，須遵守吾之教義，學習吾之一族的真理！」

桓紫音說到這，滿懷希望地停了下來，看了看幻櫻跟沁芷柔，彷彿很期待她們再次「喔——」的表達贊同。

「……」幻櫻。

「……」沁芷柔。

兩名少女都面無表情。

桓紫音先是驚訝不已，接著轉為一臉沮喪。

「喔……」風鈴大概是發現了桓紫音的低落，動作相當彆扭地舉起手臂，怯生生地喊出口。

不愧是風鈴，真是善良的好孩子。

桓紫音望著風鈴，表情再次變化。

「吾決定提拔汝為黑暗騎士！」桓紫音指著風鈴迅速道。

這黑暗騎士也太容易當了吧！還有到底要進入正題了沒！

桓紫音又振奮起精神說：「既然要成立社團，首先呢，必須先取一個代表社團的名字。」

「就叫輕小說社不行嗎？」我問道。

「那樣太普通了！」桓紫音雙臂交錯，用肢體動作打了個大X，「必須取個別出心裁、氣勢十足的好社團名！名正則身不斜，汝連這麼簡單的道理都不懂！」

總覺得桓紫音所謂的好社團名，會是「月之希維爾特」之類的中二病名稱，再不然就跟吸血鬼有關。

「還好吾早有設想——零點一，去將教室門口掛著的合唱部門牌取下，並交給吾。」

我依言而行，取下合唱部門牌，將有些灰塵的門牌拍乾淨後，遞給了桓紫音。

她拿出奇異筆，在上面揮筆寫了片刻，滿意地一笑，接著將門牌轉向我們。

合唱部的字體，現在被劃了兩條橫線，示意消去。而在下面的空處，桓紫音以龍飛鳳舞的字體，填上了「怪人社」三字。

「這絕對是……最適合汝等的社團名！」桓紫音大聲宣布。

怪人社？

最適合我們的社團名？

教室內所有人都盯著門牌。

接著群情激憤。

「呼嗯？跟弟子一號並稱成怪人，這是何等的恥辱……」

「為什麼是怪人社呀！本小姐才不是怪人！」

「那個……風鈴也覺得這名字……不太好……」

注重臉面的三名美少女，在被冠上怪人之名的此刻，發出了強烈的抗議。

「……」雖然我柳天雲確實是怪人，但就像半禿的中年男性最忌諱別人談論髮量一樣，有些時候就算是事實，你也不會想聽到別人提起。

難得我與她們意見一致，於是我決定加入她們的陣營。

叮！玩家柳天雲加入社團名抗爭隊！

如果是在遊戲中的話，此刻想必會浮現這樣的系統文字。

「沒錯，被叫做怪人什麼的，確實讓人無法接受……」

我話說到一半，卻猛然發現不對勁。

我的隊友慢慢轉過頭來，一起望向我，目光中帶著怒火。

「弟子一號，事情會發展成這樣，怎麼想都是你的錯。」

「沒錯，要不是你一臉怪人樣，本小姐才不會被拖下水！給我跪下謝罪！」

「前輩……那個……」

叮！玩家柳天雲，正遭受隊友攻擊。

叮！玩家柳天雲，正遭受隊友攻擊。

叮！玩家柳天雲，正遭受隊友攻擊。

……什麼。

懷著一片好意加入抗爭隊，卻被隊友無情背叛，我不禁悲從中來。

那個曾經希冀獲得隊友的我，果然是不及格的，因為獨行俠只能相信自己。

我柳天雲確實是怪人……

但妳們這些傢伙，除了風鈴之外，又比我好到哪去！

我乾咳一聲，說道：「老實說，被妳們這些怪人稱為怪人，我覺得渾身不舒服。」

「什麼啊？囂張的弟子一號，你……」

教室內眼看就要展開一場爭執，這時候桓紫音出聲控制了場面。

「稍安勿躁！現在是民主制度，我們來投票決定。」

我本來以為她要進行「是否採用『怪人社』這個社名」的投票……沒想到她忽然一指幻櫻。

「覺得幻櫻是怪人的，請舉手。」

她話剛說完，教室內除了幻櫻本人以外，都快速舉起了手。

「整天穿著黑袍在校園行走呢……」桓紫音點點頭。

「還跟柳天雲那傢伙玩起了師徒遊戲……」沁芷柔像是看到什麼髒東西那樣，露出厭惡的表情。

「風鈴也覺得……幻櫻同學有點……奇怪……」

「什麼？」眼看所有人都認為她是怪人，幻櫻臉上的血色迅速消退，俏臉蒼白無比。

接著她目光看向我，露出「果然是你的錯啊，弟子一號」，彷彿想在我身上戳出幾個洞的殺人眼神。

放棄吧，幻櫻。怎麼看妳都是徹頭徹尾的怪人，別把過錯推到我身上。

「答案已經很明顯了，接著輪到沁芷柔。」桓紫音又道：「覺得沁芷柔是怪人的，請舉手。」

彷彿要報復沁芷柔般，幻櫻比誰都快地舉起了手，嘴角還掛著「不能只有我嘗到這種屈辱」的悲慘笑意。

「沉浸於自己的幻想中呢。」我道。

「胸部太大了。」幻櫻冷冷地說：「而且能跟弟子一號愉快地溝通，本身就是怪人的證明。」

「風鈴……風鈴也覺得……」

「呃啊——啊啊啊啊啊！」看見周遭同學的投票數，沁芷柔抱著頭發出悲鳴。

那悲鳴聲，極端委屈，沁芷柔似乎打從心底不覺得自己是怪人。

「本小姐怎麼可能是怪人！妳們這些傢伙是被柳天雲收買了吧！」她淚眼汪汪地道：「放下妳們的手，不要投我啦！還有胸部大為什麼就是怪人！」

「因為妳剛剛投我了。」幻櫻冷笑，「所以，就算隨便找個理由，我也一定要投妳，把妳逼進怪人的真理之門，付出失去節操的代價。」

「嗚……」

沁芷柔情緒十分低落。

不過，相比《鋼之鍊金術師》中愛德華兄弟通過真理之門的付出，妳只失去區區節操，這還算輕的。

我非常理解跟幻櫻作對的下場，沁芷柔大概是首次嘗到苦果，一時還無法承受她的惡魔手段。

桓紫音在這時給了沁芷柔致命一擊，道：「其實……吾也覺得乳牛是怪人。」身為老師，她做起補刀行為毫不猶豫。

「嗚……」最後，沁芷柔無精打采地趴在桌子上，將臉孔埋在臂彎之間，平常的傲氣全失。

「再來是……」

桓紫音的目光飄到最後一名少女身上。

「汝，風鈴。」

她話剛說完，有兩人以迅雷不及掩耳的速度抬起了手。

那速度大概連飛行中的蜂鳥都能打下。

「妳……剛剛也投我了吧？」幻櫻露出甜笑：「既然這樣……就別怪我囉。」

「狐媚女……別以為自己能夠置身事外。」

沁芷柔仍趴在桌子上，唯獨一隻手高高舉起，以充滿怨念的語氣說：「朝妳身上蓋怪人印章，讓妳也嘗嘗本小姐受到的屈辱。」

好可怕的互動模式……看見三名殘念美少女彼此投票，我深深產生這樣的想法。

那是「不能只有我是怪人」、「妳這傢伙剛剛投我」，彼此扯對方後腿的詭異心態，最後邁向全員皆輸的局面。

於是風鈴也被社團認證為怪人。

在風鈴的投票結束後，眼看就要輪到我……

我立刻起身，朝著三位少女開口。

「聽我柳天雲一言。接下來，妳們想必也會投我吧？

「冤冤相報何時了，為了輕小說寫作社團的融洽氣氛著想，我認為應該停止這種互相報復的行為。」

我朝她們曉以大義。

沒錯，這些美少女雖然又怪又殘念，不過本質上都是聰明人。

只要我柳天雲，向她們好好……

我心中的算盤撥得正響，桓紫音卻打斷了我的思考。

「沒有要舉行汝的投票哦？零點一。」

她像是驚訝於我毫無自覺，眉毛高高揚起。

「汝的話，毫無疑問就是怪人了。」

……我連被公選的機會都沒有嗎？

好歹象徵性地投票一下啊！至少給人掙扎的機會啊！

「呼呼呼呼呼呼……」

在一陣中二病特有的笑法後，桓紫音終於將這件事情決定下來。

「那就這麼決定了——這間充滿了怪人的社團，就命名為『怪人社』！」

社團的名字被定案下來，沒有人再提出異議……畢竟這群美少女沒有我柳天雲強大的心理素質，剛剛才被認證為怪人，失魂落魄是肯定的，只能順勢接受事實。

接過了寫著「怪人社」的門牌，我認命地走出教室，打算將其掛在社團教室門口。

這門牌一掛出，等同將這間教室裡都是怪人的情報，羞恥地公諸外界。

「……」

站在門口，我手裡拿著怪人社的門牌，回首望進教室裡。

幻櫻跟沁芷柔還在爭執剛剛互相投票的事。

風鈴帶著有些僵硬的笑，想要打圓場。

而桓紫音在發表充滿中二病的玫瑰皇女教義。

我把牌子高高掛起後，怪人社的門牌在風中晃動，咿呀咿呀地發出響聲，彷彿在嘲笑著我們這群怪人。

「……」

我們的社團……

怪人社，就此誕生。

第八話 **那麼，來攻略沙灘排球吧**

怪人社成立的當天，因為天色已晚，草草解散後便去用餐。用餐時，可以清楚聽到非菁英班學生怨聲四起，許多老師出面安撫，才勉強鎮壓了場面。

再這樣下去，後果不堪設想。

「菁英班同學們，下個月請務必要贏。」校長也在用餐時刻，親自跑來我們的餐桌。連校長吃的也是稀粥。

隔天上完一系列輕小說課程後，黃昏時刻，我們再次集合到社團教室裡。

桓紫音因為要準備社團活動用的教材，所以比較晚到，我們幾名學生先行到場，一時閒閒無事。

幻櫻、沁芷柔、風鈴，這三名少女之間的關係其實不太好，交談內容以拌嘴居多，但整體上還算是相處融洽。

她們三人都在看輕小說，所以教室內非常安靜。

第一個說話的是沁芷柔。

「喂，柳天雲。」沁芷柔放下手中的書，「昨天本小姐不是命令你過來跟我同居嗎？為什麼社團活動結束後，晚上沒見到你的人出現？」

別開玩笑了，我怎麼可能真的實行。

「……我今天下午走在路上，被人用弓箭射了一封信到腳邊，箭身上綁著寫滿『死』字的預告，還附帶一句『給我遠離沁芷柔大人』。」

現在想起來，還是餘悸猶存。

「我認為如果跟妳同居，箭的落點就不是腳邊，而是我的心臟。」

「這樣啊……可是能為本小姐而死，是你的榮幸吧？」

「起碼讓我有條活路走啊！」

「……弟子一號，你竟然在盼望那種不切實際的東西。」幻櫻插嘴：「在你決定同時跟我們三人交往後……嗯，雖然只是假裝交往，你就註定了之後只能行走於煉獄之道，活路什麼的簡直太可笑了。」

一切的始作俑者、名義上的師父，正用無比輕鬆的語氣描述我死定了的事實，這讓我感到非常不是滋味。

「本小姐不管那麼多，總之，為了幫助我體驗輕小說中的劇情，今晚你過來跟我同居。」

沁芷柔說到這，又補上一句：「今晚再不過來的話，本小姐就親自斷絕你的活路。」

「……」

天要亡我！

我跟沁芷柔同居↓死。

我不跟沁芷柔同居↓死。

我上輩子……不，上十輩子到底都是造了什麼孽，這一世才這樣倒楣！

「那、那個！」這時風鈴也闔上書，低聲道：「風鈴認為，這樣子勉強前輩是不好的。」

「狐媚女，妳又有什麼高見？」沁芷柔冷喝。

「如果前輩願意的話，可以跟風鈴住在一起。」風鈴想了想，「風鈴的房間很大，床也很大，睡兩個人沒問題的。」

沁芷柔霎時紅了臉，接著忽然生氣起來。

「妳、妳這下流的Bitch！」她羞怒道：「本小姐只是打算讓他睡地板，妳竟然想跟他睡在一起！啊啊啊啊啊啊……簡直太糟糕了，離我遠一點，Bitch的病毒會傳染給我的！」

「咦……咦？風鈴才沒有那樣想，只是、只是讓前輩睡地板的話太可憐了！」

「真奇怪，妳們兩位到底在爭什麼？」

幻櫻看得有趣，一臉開心樣，竟然開始火上加油，「我們三個都是弟子一號名義上的女朋友，但我還是他的師、父、唷！所以要讓他跟誰睡在一起，當然是我說了算。」

不要莫名其妙就參戰進去啊！還有一點也不是妳說了算！

「我說啊……」我試圖排解這些少女的無謂紛爭，「不如這樣，尊重一下我的個人意願如何？我想自己一個人住。」

「「駁回！」」沁芷柔跟幻櫻齊聲道。

這會兒妳們倒是很合得來！

眼看大戰醞釀在即，這時候怪人社的教室門忽然被大力敞開，門板砰的一聲撞上牆壁。

緊接著，全校中二病最嚴重的人走了進來，懷裡抱著厚厚一疊稿紙。

「闇夜之眷屬哦，今天吾要頒布一道指令給你們！」桓紫音將稿紙摔在我的桌上，張開雙手，高姿態地說：「以『夏日滅氣妖火翠焰之怒』為輕小說名，各自寫一篇千字內的極短篇戀愛輕小說給吾！

「今天的課題就是極短篇戀愛輕小說的撰寫，如何在一千字內發揮起、承、轉、合四個要點，同時又讓內容引人注目，這是今天的練習重點。

「以上。汝等可以開始動筆了！」

我將稿紙分發給其他人。

但沒有人開始動筆寫作，就像想看見某處浮出新手提示那樣，盯著桌上的稿紙發呆。

一千字的極短篇戀愛輕小說，這個並不難。

……但「夏日滅氣妖火翠焰之怒」這題目壓根兒聽不懂，我想大家都陷在這個關卡。

「那個……桓紫音……老師？」風鈴膽怯地問：「『夏日滅氣妖火翠焰之怒』究竟是什麼意思呢？風鈴不太瞭解，寫不出來。」

「叫吾玫瑰皇女。」桓紫音一臉失望：「竟然連校排名第一，都沒有實力理解吾的題目嗎？看來果然是吾太強大了。」

不，我覺得就算是怪物君，也不會理解這題目想表達什麼。

「零點一，你來回答！是你的話應該可以瞭解吾！」

她剛說完，幻櫻嗤的一聲偷笑出來。

「由同樣有中二病的弟子一號來回答，真的很恰當呢。」

「柳天雲，本小姐也覺得只有你會懂。」沁芷柔附和。

「……」

為什麼妳們都把我視為桓紫音的同類，難道我平常的表現像個中二病嗎！

我柳天雲身為尊爵不凡的獨行俠、孤獨王國的公爵、可化身為崑崙山仙人的強者，可不能容忍被「中二病」這種膚淺的臺詞冠在身上。

看來這些美少女太過肆無忌憚，已經開始小看我柳天雲，我要想辦法重拾我的尊嚴。

「我也不懂。」於是我淡然道：「我柳天雲……豈會懂這種奇怪題目的涵義！」

「裝蒜。」幻櫻嘲諷。

「一臉就懂。」沁芷柔補刀。

「前輩加油！」風鈴替我打氣。

為什麼妳們都硬要認為我會懂！

「我是真的不懂！徹徹底底、完完全全不懂！」我微怒道。

而桓紫音的耐心似乎正不斷減少。

「零點一！大家都很看好汝的，別藏私了，快快回答！」

「我柳天雲……」

二十分鐘過去。

在我肚子上多了一個拳印後，吵吵嚷嚷的題目爭執終於結束。

桓紫音失望地搖頭，決定替我們這些闇夜眷屬換一個題目，題名為「夏日海灘」。

桓紫音老師，這不是很好嗎？妳還是能像正常人一樣思考的嘛！

有了適當的題目，我們終於能開始動筆寫作。

半小時後，我交了第一篇成品上去，那是關於一群美少女在海灘玩耍，不小心掉了錢包，之後在旁邊的海之家攤販賣炒麵賺旅費的勵志故事。

桓紫音接過我的稿紙，埋頭細看。

「……」

然後，將我的稿紙撕成兩半。

「重寫。」她言簡意賅：「開頭不夠有趣。」

我一愣，然後只得重新回到座位上，抓起一張新的稿紙，苦思更好的開局。

過了一會，沁芷柔跟風鈴也相繼交上作品。

「重寫……中途文字無力。」

「重寫！結尾好爛！」

兩人的作品也步上我的後塵，被分屍後扔進了垃圾桶。

沁芷柔跟風鈴似乎受到了不小的打擊，尤其是沁芷柔，臉上血色全失，喃喃念著「怎麼可能，本小姐的作品竟然跟柳天雲一樣下場……」這樣的話。

最後輪到幻櫻，她將稿紙放在桓紫音的桌上。

「……過關。汝可以休息了。」

幻櫻聽了返回座位上，以手托腮，朝我們露出戲謔的微笑。

被她這一笑，沁芷柔跟風鈴的搖筆桿速度立刻提升，幻櫻的笑容顯然刺激到兩名少女的自尊心。

「重寫。」

「重寫……」

「重寫！」

三聲「重寫」過去，地板已經散滿稿紙的殘骸。

我們三人在第二次闖關失敗後，被叫到桓紫音面前，站成一排聽她訓話。

「零點一、乳牛、風鈴，汝等在開玩笑嗎？比起『夏日滅氣妖火翠焰之怒』來，『夏日海灘』什麼的簡直是給猴子寫的！這樣汝等還沒辦法過關！」

桓紫音首先對我發難，「你這傢伙只有誘拐少女的本領厲害嗎！」

不，關於這點，一點也不厲害啊。

「還有汝等胸大就算了，別淪落到胸大無腦的地步去！」桓紫音又朝向其他兩人無情地道：「也把長胸肉的一點營養用在思考上啊！」

會把教師當人椅來坐的桓紫音，講出這種話其實不奇怪，但她的嚴格遠超過我的意料。

於菁英班上課時，我寫的作品都能輕易過關……可是在怪人社這個由桓紫音挑選的小圈子裡，合格標準竟然又上升了好幾個檔次，用吹毛求疵來形容也不為過。

換個角度想，或許正因為桓紫音對怪人社的成員投以高度期望，要求也跟著水漲船高。

「照這種進步速度，汝等要如何贏過怪物君？」桓紫音又訓了一陣，接著失望地嘆了口氣。

「必須以更快、更迅速、更穩健的方法……讓汝等實力變強。」

她盯著地上的稿紙碎片，思考片刻，然後像是突然想起了什麼，雙掌一拍，迅速開口發話。

「有了。吾等……來利用輕小說虛擬實境機！」

要使用虛擬實境機，就必須放入輕小說。

我們一行人離開社團教室，在桓紫音的帶領之下，走到專門用來存放輕小說的圖書室。

這間位於教學大樓一樓的圖書室，原本是普通教室。

在晶星人入侵後，為了讓學生更有效率地閱讀輕小說，校方將這間教室進行改建，搬來一堆書櫃，在裡面堆放了數百本之前老師沒收走的輕小說，題材更是五花八門、應有盡有。

「讓汝等來挑選吧，這是闇之眷屬的工作。記住，挑跟夏日海灘有關的書。」

進入圖書室後，桓紫音直接坐下休息。明明是她提出建議的，但這中二病教師竟然懶得動手找。

我們依言在圖書室裡閒逛。

過了幾分鐘，沁芷柔拿起了一本輕小說，「這本怎麼樣，《有五個姊姊的我就註定》……」

沁芷柔才把標題念到一半，我急忙朝她搖手，「不不不，我的直覺告訴我不能挑這本進入！」

以獨行俠察覺危機的本能，我隱隱感到進入那本書後，會產生很尷尬的連鎖效應。

「哼，你的直覺可靠嗎？」

在我好說歹說之下，沁芷柔還是把書放了回去。

雖然不知道產生危機感的原因，但我還是相當信任自己的直覺，就像野獸能察覺地震的前兆一樣，可以說是生物本能。

「啊……前輩，風鈴也找到一本書。」風鈴手裡拿著一本輕小說翻看，「書名是《愛徒養成有賺有》……」

「等一下！」我急忙截住她的話頭，「這本也不行！」

「咦？不行嗎？」風鈴困惑地道。

「絕對不行！」

沁芷柔滿臉不悅，「這也不行，那也不行，柳天雲，你倒是挑一本給本小姐瞧瞧！」

我依言去挑書，在眾多書櫃之間走來走去，一時沉吟不定。

目光搜索許久，我忽然發現一本輕小說的書名……十分奇特。

《凜冬雲煙邪王赤紅之道》。

……奇特到不知道從何吐槽起。

幻櫻這時注意到我的目光，也走了過來。

「呼嗯？這書名是……」幻櫻的臉色有些僵硬。

竟然能讓詐欺師界的神話露出這種表情，可見這書名的中二力度有多大。

幻櫻取下了那本書，將其翻到背面，上面繪著黑長直的美少女與文字宣傳。

她望著封底，念道：「輕小說大賞首次出道，眾所矚目的超新星！你無法想像的超跳痛作品！」

「嗯，光是書名就夠跳痛了啊。」我點頭同意，「我打賭找不到比這更中二病的書名。」

沁芷柔這時也好奇地湊過來，一看到書名，嘴角立刻下撇。

「這是什麼鬼書名，沒想到這世上竟然有比柳天雲更怪的傢伙！」

由於這本書堪稱驚世駭俗的取名方式，將大家都吸引了過來，最後變成我、幻櫻、風鈴、沁芷柔四人一起圍著書品頭論足的情況。

「這作者肯定沒有朋友，寂寞過了頭，才會取出這樣的名字。」我推測道。

「弟子一號，難得我想認同你的看法。」

「那個前輩，風鈴覺得嘲笑別人取名方式是不好的……」

「哼！少來了，狐媚女，妳剛剛笑得連牙齒都露出來了。」

被沁芷柔一說，風鈴吃驚地掩住嘴巴。

正談論到一半時，「咚」的一聲，圖書室裡忽然傳來東西倒下的巨響。

我們四人回頭望去。

然後，看見原本在等我們挑書、坐得穩如泰山的桓紫音，已經站起身來。

椅子倒在一旁，大概是被她起身的大動作給弄倒。

桓紫音修得平整的娃娃頭瀏海底下，白膩的鵝蛋臉徹底漲紅，眼神憤恨，似乎是羞怒到了極處，導致難以控制情緒。

「囉嗦。」

桓紫音從齒縫裡擠出憤怒的顫音。

「囉嗦……！汝等囉嗦死了！《凜冬雲煙邪王赤紅之道》什麼的！明明既帥氣又有味道，汝等這些未經世面的臭小鬼怎麼會懂！

「吾、吾、吾……覺得沒有比這更好的名字了！汝等根本不懂，為了取書名而躺在床上打滾三小時是什麼感覺！」

被桓紫音劈頭一陣責備，我們四人都陷入錯愕中。

隨即，我想起了一件事。

剛剛桓紫音最先給的題目，叫做「夏日滅氣妖火翠焰之怒」……

而我此刻手上拿的這本書，名為《凜冬雲煙邪王赤紅之道》……

這樣的品味……

這種取名方式……

觸景生情，我腦中記憶的紙頁飛速翻動，最後停在……初見桓紫音的那時。

桓紫音冷然道：「吾從小到大一路跳級，十八歲自P大國文系畢業，花了兩年又取得碩士學位。碩士畢業後，吾寫了一本輕小說投稿，立刻獲得華文小說大賞出道，是目前國內出版社裡……最受矚目的明日之星。」

……原來如此。

……沒有別人了吧。

《凜冬雲煙邪王赤紅之道》——這本書的作者，大概就是桓紫音。

而這位作者本人，此刻已經側過身去，大大生起悶氣。

「呿，不給汝等這些臭小鬼挑書了！既然汝等小看吾，吾就現場寫一篇輕小說放進虛擬實境機裡，讓汝等看看……玫瑰皇女的高貴之處！」

羞怒至極的桓紫音把我們推出圖書室，像牧羊人驅羊那樣又叱又喝，將我們趕往社團教室。

「相信吾準沒錯！前進吧，邁往勝利的大門！」

這是怎麼回事？

「嘻嘻……」

「哈哈哈……」

「好冰！」

高掛天空的豔陽，一望無際、布滿白色細沙的沙灘，零散長於沙灘上的椰子樹。

還有……眼前波光搖曳、浪潮輕湧的碧藍大海。

三名美少女加上一名美女，穿著各色泳裝，正在海岸淺灘處互相潑水戲耍。

……什麼啊。

桓紫音那句「前進吧，邁往勝利的大門」彷彿才剛說完不久，兀自在我耳邊迴響。

我穿著泳褲，處於遮陽傘的遮蔭下，盤腿坐在稍離岸邊的沙灘上，一臉呆滯。

不愧是怪人社。

連社團老師都是怪人。

桓紫音一寫輕小說就開心起來，回到社團教室後，在圖書室冒出的怒氣盡數消失。對於有興趣的人來說，寫作是一件非常快樂的事，這大概是作家的好處之一。

「吾上次偷偷實驗，發現吾可以使用輕小說虛擬實境機……原來說明書上面的『年齡十八歲以下的人類才能使用』，這句是指肉體年齡。

「呼呼呼……吾保養得宜，連機器都認為吾看起來像高中生，以後請叫吾玫瑰少皇女。

「在這部機器裡面，時間流逝比外界慢很多。既然汝等不懂取名的藝術，膽敢小瞧高貴的吾……那就讓吾親筆寫一篇有關『夏日海灘』的文章，讓汝等知道厲害！」

她果然還是很介意書名被取笑。

桓紫音將三部虛擬實境機的線接在一起，一臺機器可以讓兩人使用，於是我們所有人都進了桓紫音隨手寫的輕小說裡。

正當我們認為要面臨一場艱苦的課程時，在虛擬世界中出現的我們，卻全員以泳裝型態出現。

「佩服吾的寫作能力吧，這是最適合汝等的服裝！」

沁芷柔跟風鈴是比基尼，顏色分別為紅色跟淡紫。

細小的肩帶連接著比基尼薄薄的布料，那布料無法完全包裹兩名少女飽滿的胸部，不過托高集中的作用相當良好，將柔軟碩大的雙峰，朝內擠壓出深深的乳溝。少女胸前的大片白膩，讓我無法直視。

但即使胸圍如此傲人，沁芷柔與風鈴依舊有著纖細的水蛇腰，恰到好處的翹臀，無多餘贅肉的緊實大腿——可以說，受上天所眷顧的這兩名少女，擁有讓絕大多數女性羨慕的本錢。

幻櫻穿著藍色的連身式學校泳裝，標緻的臉孔如天使般純真，唯獨嘴角帶著一絲壞笑。她打量著穿比基尼的兩名少女，不知道在想些什麼。

桓紫音身上則是兩截式泳衣，她冷冷望了兩名巨乳少女一眼，接著像是想尋找同伴那樣，向幻櫻靠近了幾步。

「本小姐的泳裝為什麼這麼暴露！」沁芷柔穿著紅色的比基尼，身材曲線毫無遮掩地顯露出來。她雙手抱胸，漲紅了臉，「而且這件泳裝太小了！」

「嗯？吾認為很適合兩位哦，痴女屬性就該搭配比基尼。」桓紫音聳肩，「三點式泳裝也不錯，但零點一人在這裡，吾就手下留情了。」

「誰是痴女！別擅自給別人加上設定啊！」沁芷柔羞怒地大叫。

「嗚……」風鈴更是抱住身軀蹲下，望著我，眼眶裡的淚珠滾來滾去……讓我不禁覺得，我只要說出一句稍微不對的話，她的淚珠就會滑落。

真是個不穩定的社團，一群怪人隨時會大吵大鬧、彼此陷害、互相扯後腿。

「總之……我們就來體驗吧，何謂夏日海灘！」

「不要無視我！」沁芷柔更加氣憤。

吵鬧歸吵鬧，最後她們四人還是言歸於好，一起跑到淺灘處去玩水。

「……」沁芷柔站在水中，忽然轉頭看向風鈴，視線在對方身上掃來掃去。然後她瞇起眼睛，露出得意的表情。

「哼哼，狐媚女，妳的雖然也很大……不過還是本小姐贏了呢。」

「什、什麼贏了？」風鈴慌慌張張地說：「柳天雲前輩在看這裡，請學姊不要說這麼糟糕的話！」

「……」我呆滯地坐在沙灘上，看著她們玩耍潑水，一副軟綿綿、甜膩膩的快樂景象。

說好的擊敗怪物君呢？

說好的輕小說修練呢？

說好的……以增強寫作能力為目的的社團宗旨呢？

究竟是怎麼回事……

我到底加入了一個什麼樣的社團？跟這些毫無緊張感的怪人一比，我簡直就是超級普通人！

但我沒有阻止她們玩水，因為我已經偵測到這些玩得正起勁的美少女，會以看待垃圾的眼神，拋給我什麼樣的回答。

「吾之眷屬唷，闇之教義不是區區零點一能理解的。」桓紫音會這麼說。

「弟子一號，你的問題真多。」幻櫻會打出一記羚羊拳，然後道：「就像攻略美少女一樣，這是為了增加你的親身體驗，進而鍛鍊寫作能力！」

「哈？這什麼笨蛋問題？本小姐不想回答！」

「風鈴覺得……偶爾休息一下也不錯……」

我早已逆料到這些怪人會怎麼回話，就算是我柳天雲，以一敵四也贏不了，所以我放棄必輸的爭論。

但她們一直玩、一直玩、一直玩……

這個虛擬世界中，似乎沒有日昇日落這種規矩，太陽始終高掛天空。

而桓紫音大概又寫了「體力無限」之類的設定，所以她們四人怎麼玩都不會累，還越玩越是起勁。

「……」

我開始在沙灘上堆沙堡。

當我堆出第四座沙堡時，幻櫻等四人終於渾身溼漉漉地上岸。

終於結束了嗎？我鬆了一口氣。

然後……

她們開始架起沙灘排球的網子，並用劃線器將場地範圍圈出。

我垮下臉。這些傢伙有完沒完！

我大步走了過去，朝她們四人道：「喂喂……玩夠了吧，該回去現實世界了。」

正在架網子的桓紫音跟沁芷柔停下。

劃線中的幻櫻跟風鈴也停下……

接著她們四人迅速聚在一起，蹲下圍成一圈，背對著我開始討論起來。

「吾等冷落零點一了嗎？」桓紫音狐疑，「為什麼零點一一副深閨怨婦、欲求不滿的表情？」

商量聲大到我能聽見。

「嗚啊……難得來一趟海邊，竟然要邀請那種人一起玩嗎？」沁芷柔發出一種類似踩到穢物的嫌棄聲音。

「可是弟子一號平常都自稱獨行俠，獨行俠也需要玩耍的嗎？」幻櫻狐疑。

「那個……風鈴覺得應該找前輩一起玩，畢竟大家是一起進來的。」

我的嘴角抽搐。

接著桓紫音站起身面對我，露出關懷的表情，柔聲開口：「可以哦，零點一，汝可以跟大家一起玩……身為一名教師，讓特定學生被排擠畢竟是不好的示範呢。」

她身後，三名美少女還在竊竊私語，不時回頭看我一眼。

桓紫音的語氣充滿同情，活像我是個在地上匍匐懇求的乞兒，而她們是隨手拋給我幾塊銅板的富豪。

竟然被同情了。

同情……我柳天雲，堂堂孤獨者之王！

是可忍，孰不可忍！

我怒道：「才不是想跟妳們一起玩，我想回去練習寫作！」

「得了。」桓紫音走上來，拍拍我的肩膀，「別嘴硬了。汝想想，跟大家一起玩，等玩到一個段落後……汝把乳牛那個帶有痴女屬性的傢伙帶開，兩人單獨相處，說不定就能嗶——嗶——地得手了呢！」

「本小姐才沒有痴女屬性！別用人家來胡亂舉例啦！」沁芷柔氣急敗壞，「嗶——嗶——什麼的也不會發生！」

最後我還是被拉進去一起打沙灘排球。

我跟風鈴一隊，而沁芷柔跟幻櫻一隊，桓紫音老師充當裁判。

「汝等要搞清楚，打沙灘排球是為了日後在撰寫輕小說時，能有更現實、詳細的描述！」

桓紫音站在球網旁，先開口解釋。

「所以吾等現在不是在玩耍，而是為了對抗其餘五所強校，進行輕小說的修練，懂嗎？」

除了我之外，其餘三人興高采烈地喊出「懂——！」的合聲。

……輕小說的修練嗎？

而這時敵隊的兩人，站在劃好線的排球場內，開始交談。

「不管是遊戲或輕小說的修練，本小姐都不想輸……妳明白嗎？」沁芷柔對幻櫻如此說道。

「我與妳相反，我太強了，反而很期待敗北的滋味。」幻櫻淡笑：「但……前提是不能敗在雜魚的手上。」

她話說完後，沁芷柔似乎十分意外，「哦——？」了一聲。

「對面只有一條傻瓜雜魚，跟一條狐媚雜魚。既然如此……」沁芷柔道。

「那我們就……」幻櫻續道。

「齊心合力……」沁芷柔再續道。

「「痛宰對手！」」兩名少女雙目放出精光，周身迸射出誓要將敵方焚燒殆盡的驚人氣勢，我彷彿看見她們身上的戰意之火直衝天際！

位於排球網對面的敵人，態度之認真，簡直不把這當作一場遊戲。

不行。

我也要鼓舞士氣，不然豈不是被對方的氣勢給壓倒！

「風鈴，我們也……」

我轉頭。

……風鈴蹲在地上發抖。

「她們好可怕、好可怕、好可怕……」

「……」我想投降。

最後在我的勉勵之下，我的隊友終於鼓起勇氣站起來，能夠開始比賽。

由於大家都不懂排球的正式規則，桓紫音隨意將球拋給我們，示意由我們開始發球。

「嘿！」

風鈴率先開球，她先將排球高高拋起，然後發出賣力的喊聲，以雙手下臂將球打過了球網。看這球勢落點，排球會掉在幻櫻負責防守的區域。

「……」幻櫻雙手交叉抱在胸前，站立不動，只是以眼神盯著排球。

接著她眼睜睜地看著排球落地，讓我們輕鬆得分。

「哈？」沁芷柔驚訝地張大嘴巴，看著隊友，遲遲無法說出話來。

「一比零！」桓紫音見狀，迅速舉起手，宣布比分。

「呼嗯……」

幻櫻這時卻是一笑，笑得露出細緻的貝齒。

「桓紫音老師，我要檢舉對方作弊。」

「作弊？」桓紫音皺眉。

「剛剛對面的風鈴發球時，使用幻術，把排球變成了三顆，導致我誤判接球時機。」

「球……變成了三顆……？」桓紫音大惑不解，慢慢回過頭去看風鈴。

……最後視線停在她豐滿的胸部上。

「有理，此言有理！」桓紫音又低頭看了看自己扁平的胸部，似乎霍地明白過來，怒道：「汝竟然敢在玫瑰皇女的面前作弊，真是好大的膽子！倒扣汝十分！」

聽見裁判的決定後，我的雙目逐漸瞪大。

我無法置信地看向幻櫻，對這位師父的節操下限認知……竟然又一次刷新。

這……

這……何等卑劣無恥！妳知道運動家精神是什麼嗎！

「嗚呃……」沁芷柔看了看臉色蒼白的風鈴，彷彿體會到兔死狐悲的痛苦，不安地說：「這個……這個……贏了雖然很好……不過……這手段……」

「不過什麼？」幻櫻對著她直笑，「妳不是很想贏嗎？」

看見她的笑容，明明是在豔陽底下，沁芷柔的身體卻微微一抖，轉過頭去，生硬地道：「是、是呢……很想贏……那……呃，本小姐就不發球了……」她話聲越來越小。

連C高中校園偶像雙人組、身為魔王的沁芷柔跟風鈴都要欺負，幻櫻的可怕程度可見一斑。

畢竟她可是連我柳天雲都能放倒的存在。

我會連敗給她，或許並不是我柳天雲忽然變得弱小……而是這位名義上的師父太過強大。

「喝！」

「嘿！」

「看我的！」

雙方又一陣交手後……

當然最後以我們大敗做為結尾。

不單沒人再敢把球拍向幻櫻的防守區域——當我看見沁芷柔打出「直接將整顆球拍進沙底下」的殺人排球時，就明白了一件事。

對沁芷柔而言，這是排球；對於我來說，實際上是飛彈，被打中就會陣亡。即使知道在虛擬實境機裡會復活，我也不想死在沙灘排球之下，那會形成一輩子的記憶陰影。

不過看到風鈴有些笨拙、卻認真無比的托球畫面後，我的鬱悶心境被稍稍治癒了。

能跟可愛的學妹組隊打沙灘排球，光是這點就值回票價，忍受幻櫻跟沁芷柔對我造成的心靈創傷。

不公平到了極點的惡劣比賽終於結束。

正當我在內心暗自抱怨，幻櫻、魔王中的魔王忽然神祕兮兮地靠了過來，朝我露出賊笑。

「嗯哼？弟子一號，我發現了一件事哦——」

「？」我不解。

「從進來到現在，你好像都在刻意避開海水呢，難道你是旱鴨子……？」幻櫻輕舔嘴角，「到底是不是呢？回答我。」

被幻櫻壞笑著注視，我的頭皮有些發麻。她每次露出這個表情，總沒好事發生。

「啊哈哈哈哈哈……我柳天雲怎麼可能會是旱鴨子，別開玩笑了！」

「呼嗯？」

在幻櫻的呼嗯聲中，我身旁忽然出現了兩個人。

「吾聽見了很有趣的東西呢，零點一。」

沁芷柔、桓紫音，她們站在我背後，臉上的笑容跟幻櫻完全相同。

「我們來做個實驗吧，乳牛。」

「人家不是乳牛！」但沁芷柔還是點頭。

接著，我的手臂被一左一右地抓住，沁芷柔跟桓紫音疾衝而起，合力將我往海邊拖去。沙灘上被我的腳拖出一道長長的痕跡。

「一、二、三！拋！」

「嘿！」

伴隨少女清脆的喊聲，我的身軀呈拋物線飛了幾公尺，噗通一聲掉進了海裡。

……

游泳這種東西，通常要在游泳池或海邊這種有足夠水源的地方學。而那些地方，往往又是一群有朋友的現充才會去的邪道聖地。所以我柳天雲不會游泳，也是十分正常的事。

在海流的推擠中，我的身軀不斷下沉，鼻腔裡的空氣化為一顆顆氣泡浮出。而少女們驚慌的喊聲，透過厚厚的水層，聽起來十分空洞而遙遠。

「喂……喂！零點一好像真的不會游泳耶？」

「咦？咦咦！這樣前輩會溺死的，誰去救救他！」

「本小姐才不想救柳天雲那傢伙，但他又是被我扔下去的，照理來說要由我來救……啊——好煩人！」

在缺氧而逐漸模糊的意識中，我又聽見了物體落水的聲音。

噗通、噗通、噗通、噗通……而且是四聲。

我柳天雲……這次的表現可真是遜到爆炸。與其如此，被排球轟殺還帥氣一些。

望著在海裡迅速向我游近的幻櫻、風鈴、沁芷柔、桓紫音這四人，她們以手臂不斷划水前進。少女們苗條的身軀、嬌俏的臉蛋，即使在這種極端的處境下，依舊使我想起了《美人魚》這則童話故事。

但我從來沒見過，要出動四名美人魚去救的主角。

也未曾聽說美人魚把主角扔下海的傳聞；若是有的話，那肯定是黑色童話。

「……」我吐出胸腔中最後一口氧氣，眼前發黑。

……話說，這四人好像也沒什麼朋友，但是她們都會游泳，難道我的理論有誤？

目睹她們曼妙的泳姿後，處於水底下的我，逐漸閉上了雙眼。

在意識即將斷開的那一刻，腦海被一個強烈無比的念頭給徹底占據，並忍不住想要吐槽。

……對這個世界本身做出吐槽。

這個美少女全都是怪人的世界，絕對哪裡出了問題！

我取下虛擬實境機的頭盔，並承受隨之而來的屈辱。

「噗哈哈哈哈哈哈……笑死我了！」沁芷柔用力拍桌，指著我的鼻子，毫無形象地大笑：「旱、鴨、子、柳、天、雲、先、生！」

她一字一字，逐步強調我不會游泳的事實。這讓我感到更加難堪。

「我幹麼要會游泳，人類身上又沒長魚鰓，好好地活在陸地上就夠了！」我怒道。

「不愧是零點一，充分展現出人類醜陋面的樣子。」桓紫音露出諒解的表情，點點頭。

「沒錯，一點男子氣概也沒有。」幻櫻也壞心眼地附和道。

「前輩不要氣餒，如果不嫌棄的話，風鈴可以教前輩！」風鈴握起小小的拳頭，在一片噓聲中，替我打氣。

我放下虛擬實境機頭盔，按桌站起。

原先在我臉上的怒氣已經消失，取而代之的是極端的嚴肅。

「難道妳們……真的以為我柳天雲不會游泳！」

我摸了摸鼻梁，視線從手指之間望出，完全是一派帥氣。

我正要繼續發話，怪人社的成員們卻閒聊了起來。

「又開始了。」

「又開始了呢。」

「果然又開始了呢。」

她們幾人一搭一唱，讓我本來準備好的言詞無法吐出，就像相聲被觀眾打斷的藝人那樣，感到無比的憋屈。

給我聽人說完話！

最後我的發話權，被桓紫音搶去。她站在講桌前，清了清喉嚨。

「寓教於樂，適當的放鬆是必需的。但汝等要有C高中目前處於六校末位的自覺，今天的社團活動，也完全是以增強各位寫作實力為出發點，並不是單純想用機器玩樂。

「所以說，現……」

桓紫音話說到一半，卻忽然停住。

那停頓非常突兀，讓她的說話節奏變得異常，但沒有人開口詢問原因。

因為原因，已經顯示在所有人眼中。

——小半張正被烈焰熊熊燃燒的紅色紙張，從社團教室上方極慢極慢地飄落，但社團教室的天花板沒有任何破洞，這紙張詭異地憑空出現。

紙張的顏色如鮮血般豔紅。

那紅色紙張十分奇特，明明正被火舌灼燒，紙張的面積卻不斷擴大，徹底違反了物理定律。本來只有小半張的紙張，飄到中途已經變成半張大小——最後掉到桓紫音面前時，已經變成了完整的長方形信紙。

隨著紙張完整化，火焰熄滅。

桓紫音將其接住，捏在手上細看。

「……」她的臉色隨即變得凝重。

凝重到跟當初為了避開與怪物君一戰而宣布認輸時……相差無幾。

緊接著，桓紫音將紙張向我拋來，我接住。

那薄薄的紙厚度只有幾公釐，入手卻意外的沉，至少有半公斤重，不知道是什麼材質所造。

我將它翻到正面，看清了上面所載的文字訊息後，感到彷彿有一顆大石頭從天而降，沉甸甸地壓在我的心口。

不祥。

恐懼。

惶怖。

突如其來。

徹底被眼前炸彈般爆開的訊息，給轟了個措手不及。

在我的眼前，霍然閃過了……當初晶星人放映給C高中看的影像。

「嘻哈哈哈哈，給我燒，再投一萬本輕小說下去！

「這麼難看的東西，只有當燃料的價值！」

以大火為背景，在尖銳的狂笑聲中，一名手持帶刺長鞭、身穿黑色馬甲與吊襪帶的少女，用力往地上抽了一鞭，製造出「啪」的一聲脆響。

——晶星人女皇。

「在送來滿意的輕小說之前，我不會處理任何國事，只會吃喝玩樂。」

她將偷懶的理由說得冠冕堂皇，卻沒有一名皇家侍衛敢反駁她，又或是提出建言。

「找不到的話……就照三餐讓你們這群豬玀嘗嘗女皇的調教。」

在眾人惶躁不安的注視下，女皇帶著恐怖的笑意，兩邊嘴角向左右橫伸，扯出一道新月般的笑靨。

「肯定——會很快樂的哦？」

我的耳邊彷彿再次聽見晶星人女皇的尖銳大笑，與她殘酷無情的嗓音。

「上面寫了什麼？」沁芷柔向我伸出手，想把紅紙拿過去看。

但我沒有把東西遞給她。

而是走到窗邊，將窗簾拉開，探頭往外看去。

社團教室位於頂樓，透過位於高點的窗戶，能清楚看見原先因太陽落下而變得陰暗的雲層——此刻一片殷紅。

那片殷紅占據了整片天空，過於壯觀的體積，讓人忽然意識到自己的渺小。

在我的注視中，大片殷紅猛地穿破了雲層。

一艘龐大無邊、通體血紅、比整個C高中還要巨大的宇宙船，進入我的視野。

宇宙船底部繪著一朵碩大、帶刺的玫瑰花。

紙條上想傳達的訊息，其實非常簡單，兩句話就能清楚表達。

「……」

不帶半點玩笑心態，我以認真的語調，緩緩開口。

「晶星人女皇，將於五分鐘後……降臨C高中！」

這是第一句話。

而第二句話，在信上則是以晶星人女皇的口吻而發。我將這句話藏起，沒有對少女們說出。

我不想讓她們擔憂。

因為那句話，光是看，就讓我柳天雲持信的手指微微顫抖。

「我要見柳天雲！」

後記

大家好，我是甜咖啡。

本集中，柳天雲等人共組了怪人社。

但有趣的是，「怪人」這個詞是建立在主觀比較之下……桓紫音有嚴重的中二病，柳天雲動不動就會大笑，沁芷柔身為設定系少女，幻櫻是期待被擊敗的抖S詐欺師，基本上這些人套用柳天雲的形容詞，那就是「戰鬥力破萬的怪人」。

風鈴雖然身為正常人，但待在這些怪人身旁，從另一個角度來說，或許她才是唯一的怪人。

就像一堆散發奇怪氣味的綠蘋果，裡面混著一顆紅蘋果那樣的感覺。紅蘋果單獨拿出來看很正常，但與那些怪蘋果擺在一起，相對之下頓時就成了異類。

明明不是怪人，但某種角度來說又是怪人，我非常喜歡這種奇妙的設計。

處於拓荒期的怪人社（踏入社團就有種冒險感），怪人與怪人之間會擦出什麼樣的火花，這也是讓我很感興趣的點。

而晶星人女皇的降臨，是重要事件的啟程，下一集將會有值得期待的發展。

謝謝大家的支持，咖啡會繼續努力。

大家喜歡這本書的話，有空可以加入咖啡的ＦＢ粉絲團：

facebook.com/8523as

後記的最後，必須特別提一下編輯陳兄，對我幫助良多，咖啡非常感謝他。

也非常感謝繪師手刀葉，以及其他替本書付出心血的幕後英雄！

那麼，我們第三集再見。

甜咖啡

浮文字

在座寫輕小說的各位，全都有病2

著　者／甜咖啡
發 行 人／黃鎮隆
經　理／洪琇菁
執行編輯／曾鈺淳
企劃宣傳／洪國瑋
封面插畫／手刀葉
總 經 理／陳君平
國際版權／黃令歡
美術編輯／方品舒
內文排版／謝青秀

出版／城邦文化事業股份有限公司　尖端出版
台北市中山區民生東路二段一四一號十樓
電話：(〇二)二五〇〇七六〇〇
傳真：(〇二)二五〇〇二六八三
E-mail：7novels@mail2.spp.com.tw

發行／英屬蓋曼群島商家庭傳媒股份有限公司城邦分公司　尖端出版
台北市中山區民生東路二段一四一號十樓
電話：(〇二)二五〇〇—七六〇〇（代表號）
傳真：(〇二)二五〇〇—一九七九

中彰投以北經銷（含宜花東）／楨彥有限公司
電話：(〇二)八九一九—三三六九
傳真：(〇二)八九一四—五五二四

雲嘉經銷／智豐圖書股份有限公司　嘉義公司
電話：(〇五)二三三—三八五二
傳真：(〇五)二三三—三八六三

南部經銷／智豐圖書股份有限公司　高雄公司
電話：(〇七)三七三—〇〇七九
傳真：(〇七)三七三—〇〇八七

一代匯集／香港九龍旺角塘尾道六十四號龍駒企業大廈十樓B&D室
電話：(八五二)二七八三—八一〇二
傳真：(八五二)二七八二—一五二九

馬新經銷／城邦（馬新）出版集團Cite (M) Sdn. Bhd.
E-mail：cite@cite.com.my

法律顧問／王子文律師　元禾法律事務所
台北市羅斯福路三段三十七號十五樓

二〇一六年二月一版一刷
二〇二一年六月一版十刷

■中文版■

郵購注意事項：
1. 填妥劃撥單資料：帳號：50003021戶名：英屬蓋曼群島商家庭傳媒(股)公司城邦分公司。2. 通信欄內註明訂購書名與冊數。3. 劃撥金額低於500元，請加附掛號郵資50元。如劃撥日起 10～14日，仍未收到書時，請洽劃撥組。劃撥專線TEL：(03) 312-4212 ・ FAX：(03) 322-4621。E-mail：marketing@spp.com.tw

國家圖書館出版品預行編目資料

在座寫輕小說的各位，全都有病2 / 甜咖啡 作.
—初版. —臺北市：尖端出版, 2016.2
冊 ; 公分
ISBN 978-957-10-6346-1(平裝)

857.7　　　　104019546